Un sentiment imprévu

MIRANDA LEE

Un sentiment imprévu

COLLECTION AZUR

éditions Harlequin

Cet ouvrage a été publié en langue anglaise
sous le titre :
THE TYCOON'S TROPHY WIFE

Traduction française de
MARIE-PIERRE MALFAIT

HARLEQUIN®

est une marque déposée du Groupe Harlequin
et Azur ® est une marque déposée d'Harlequin S.A.

83-85, boulevard Vincent-Auriol, 75013 PARIS — Tél. : 01 42 16 63 63
Service Lectrices — Tél. : 01 45 82 47 47
ISBN 2-280-20469-X — ISSN 0993-4448

Prologue

Sydney. Mois de scptembre. Printemps.

A l'entrée du cimetière, Alanna hésita un instant, contrariée de sentir son estomac se nouer.

« C'est juste une impression », songea-t-elle en se forçant à avancer.

Les spasmes s'accentuèrent lorsqu'elle s'immobilisa devant la tombe. Malgré tout, elle était bien décidée à exprimer tout ce qu'elle avait sur le cœur. Afin de pouvoir tourner la page, définitivement.

— Cinq ans se sont écoulés depuis ma dernière visite, commença-t-elle à l'intention de l'homme enterré là. Cinq longues années terriblement éprouvantes. Aujourd'hui, je suis venue te dire que tu avais perdu, Darko. J'ai survécu. Le temps est un baume formidable et j'ai enfin trouvé en moi la volonté d'avancer… Une volonté d'acier dont je ne soupçonnais pas l'existence. J'ai pris ma vie à bras-le-corps. Moi, et personne d'autre, ajouta-t-elle avec véhémence tandis que ses doigts se crispaient sur les anses de son sac à main. Je me suis remariée, Darko. Oui, tu as bien entendu. Je suis la femme d'un autre homme. De quoi te retourner dans ta tombe, n'est-ce pas ? Bien sûr, il n'est pas question d'amour dans mon couple. Faudrait-il que je sois complètement idiote pour retomber dans ce piège ? Mais nous nous apprécions et nous nous respectons, Reece et moi. Et surtout, il n'essaie ni de me posséder, ni de me diriger. Il me fait confiance et désire simplement que je sois heureuse. Ça ne le dérange pas que je sorte avec mes amies de temps en temps. Ça ne le dérange pas que je porte des vêtements sexy. En fait, il m'en offre souvent. Regarde, c'est lui qui m'a acheté le tailleur que je porte aujourd'hui. Il aurait été hors de question que je sorte comme ça avec toi, non ? Reece, lui, adore me voir dans ce genre de tenue.

Relevant la tête d'un air provocant, elle virevolta sur elle-même, fière de sa longiligne silhouette moulée dans un ensemble de soie crème. La minijupe dévoilait ses jambes fuselées. La veste enserrait sa taille délicate et plongeait insolemment dans le creux de sa poitrine haut perchée.

— T'ai-je dit que mon mari, en plus d'être riche à millions, était un homme extrêmement séduisant et sexy ? Il n'est peut-être pas amoureux, mais il me fait l'amour comme un dieu, toutes les nuits, juste pour me donner du plaisir. Tu m'entends, Darko ? lança Alanna en dardant sur la pierre tombale un regard plein de défi, alors même qu'une sourde douleur lui déchirait le cœur.

Elle ravala péniblement les larmes qui lui nouaient la gorge. Le temps des pleurs était passé.

— Oh, j'ai une dernière chose à te dire avant de te laisser, reprit-elle d'une voix plus posée. Nous voulons un enfant. Tous les hommes ne sont pas comme toi, Darko. Reece ne considérera pas son enfant comme un rival. Il l'aimera sans arrière-pensée, sans la moindre once de jalousie. D'ailleurs, il n'est absolument pas jaloux. Oh, je sais ce que tu penses : il n'est pas jaloux parce qu'il ne m'aime pas, c'est ça, hein ? Tu sais quoi, Darko ? Jamais plus je ne veux être aimée comme toi tu m'as aimée. Et puis, Reece m'aime, à sa manière. Et je l'aime aussi, de la même façon. Il me rend heureuse, ce que tu n'as jamais réussi à faire malgré tout l'amour que tu prétendais me porter.

Alanna prit une grande bouffée d'air qu'elle exhala lentement, soulagée. Elle n'avait plus mal au ventre.

— Ma mère dit que je devrais te pardonner, que tu avais des circonstances atténuantes. J'en suis incapable. Ce que tu as fait est impardonnable. Je vais partir, Darko, et cette fois, je ne reviendrai plus. Tu fais partie de mon passé, désormais… et je ferai tout mon possible pour ne plus jamais penser à toi.

1.

L'organiste entama la marche nuptiale, signalant à l'assemblée que la mariée était enfin arrivée. Elle n'avait qu'un quart d'heure de retard, observa Reece en jetant un coup d'œil à sa montre. Mais ces quinze minutes avaient plongé le futur marié dans un état de nervosité impressionnant.

— Que le spectacle commence ! lança-t-il en souriant à Richard qui s'était redressé aux premières mesures de la marche, tenant ses mains devant lui, serrées l'une contre l'autre.

— Tu as les alliances ? demanda celui-ci dans un murmure à peine audible.

Reece tapota la poche droite de sa veste de smoking.

— Bien sûr. Détends-toi, ajouta-t-il en posant une main rassurante sur le bras de son ami. Je sais ce que c'est, je suis déjà passé par là.

— Mais Richard aussi, railla Mike, posté à sa droite.

Reece tourna légèrement la tête pour le gratifier d'un regard réprobateur. Mike était un type foncièrement gentil, mais sa vision cynique de l'amour et des relations sentimentales s'avérait parfois exaspérante. En ce jour précis surtout, ses remarques étaient parfaitement déplacées. Il était évident que Richard et Holly s'aimaient passionnément. Leur union n'avait rien à voir avec le simulacre de mariage qui avait uni Richard à sa première femme, Joanna… Celle-ci, soit dit en passant, n'avait jamais incarné l'épouse idéale.

Reece n'oublierait jamais cette soirée où elle lui avait fait des avances. S'il n'en avait pas parlé à Richard, l'incident l'avait profondément perturbé à l'époque, à tel point qu'il avait tout fait pour éviter la jeune femme par la suite.

Lorsque celle-ci avait péri dans un accident de voiture deux ans plus tôt, il avait compati au chagrin de son ami, bien sûr. Mais tout au fond de lui, il avait presque béni le ciel d'avoir ainsi donné une seconde chance à Richard.

Quoi qu'il en soit, le premier mariage de son ami appartenait désormais au passé. Ils étaient en train de vivre un grand jour, symbole d'un nouveau départ, et une bouffée d'optimisme gonfla le cœur de Reece lorsqu'il songea à la seconde épouse de son ami.

En faisant la connaissance d'Holly quelques mois plus tôt, il avait craint qu'elle ne soit trop jeune, trop naïve pour un homme comme Richard. A trente-huit ans, ce dernier dirigeait d'une main de fer une grande banque d'affaires tandis qu'Holly, âgée de vingt-six ans, exerçait le métier de fleuriste. Quel écart entre ces deux mondes ! Dieu merci, ses doutes s'étaient vite dissipés. Holly était exactement ce qu'il fallait à Richard après le décès de Joanna : une jeune femme douce, tendre et aimante. Jolie à croquer, pour couronner le tout !

Nul doute qu'elle ferait une mariée adorable.

Les pupilles de Reece s'étrécirent comme il lançait un coup d'œil vers l'entrée de l'église, curieux de découvrir les demoiselles d'honneur. Mais le soleil entrait à flots par les grandes portes ouvertes, inondant la nef d'une lumière éblouissante. Pendant quelques instants, il ne vit que des silhouettes remonter sans bruit vers l'autel.

La première demoiselle d'honneur apparut enfin dans son champ de vision, élégamment vêtue d'une longue robe rouge qui mettait en valeur sa silhouette déliée. Elle tenait entre ses mains un petit bouquet de roses blanches. Des cheveux auburn, brillants comme la soie, encadraient l'ovale délicat de son visage.

Reece ne la connaissait pas personnellement mais il savait que c'était une amie d'Holly, fleuriste comme elle. Sara devait avoir une trentaine d'années et était mariée, d'après ce que lui avait dit Alanna la veille au soir.

« Pourvu qu'elle soit heureuse en couple », songea-t-il en jetant un coup d'œil furtif en direction de celui qui lui servait de cavalier. Mike affichait un air étonnamment distingué pour l'occasion. Décidément, une bonne coupe de cheveux, un coup de rasoir et un smoking opéraient des miracles ! En temps normal, Mike ressemblait plutôt aux malfrats qui hantent les vieux westerns italiens. Mais aussi bizarre que cela puisse paraître, il rencontrait un certain succès auprès d'une certaine catégorie de femmes — de celles qui aimaient les hommes virils et bourrus, sans doute. Mike, rapidement lassé par ses conquêtes, collectionnait les aventures sans lendemain. Sa dernière petite amie en date — une danseuse « exotique » — n'avait pas passé le cap du mois. Peut-être était-ce le lot de ce surdoué de l'informatique, trop génial pour supporter la routine…

— Tu as intérêt à te tenir à carreau avec ta cavalière, murmura-t-il à l'intention de Mike. C'est une femme mariée.

— Ça ne leur pose pas de problème, en principe, répliqua Mike d'un ton ironique. Mais rassure-toi, personnellement, je les évite comme la peste. Elles ne m'apportent que des ennuis.

— Il semblerait que tu aies une certaine expérience en la matière.

— Disons que j'ai échappé une fois à une situation plutôt scabreuse.

— Je la connais ? demanda Reece, piqué dans sa curiosité.

— Je ne crois pas que ce soit le moment d'en parler.

Comme il dévisageait Mike d'un air interrogateur, ce dernier hocha imperceptiblement la tête en direction de Richard qui regardait droit devant lui, indifférent aux chuchotements de ses amis.

— Joanna ? fit Reece dans un souffle.

— Bingo.

— Elle a aussi essayé avec moi, avoua-t-il.

— Sans blague ? Quelle garce...

— Une très jolie garce, cela dit.

— Ce sont les plus dangereuses, marmonna Mike.

Au même instant, la deuxième demoiselle d'honneur fit son apparition et Reece en eut le souffle coupé. Voilà ce qu'on appelait une très jolie femme. Une femme incroyablement belle, même...

Mais ce n'était pas nouveau pour lui. Cela faisait neuf mois qu'elle était sa femme...

Il s'efforça d'ignorer l'aiguillon de la jalousie qui lui transperça le cœur, lorsqu'il vit tous les regards masculins suivre avec un plaisir évident la gracieuse progression d'Alanna.

C'était incroyable. Jamais encore il n'avait éprouvé ce dangereux sentiment, pas même lorsqu'elle exhibait sa frêle silhouette de mannequin dans les robes de soirée provocantes qu'il choisissait pour elle.

En comparaison, la tenue qu'elle portait aujourd'hui était d'une sobriété confondante. Et pourtant, le résultat n'en était que plus sexy. Ainsi, c'était vrai : ce qui était dissimulé ou tout juste suggéré s'avérait plus troublant que ce qu'on montrait sans pudeur...

A moins qu'il ne s'agisse de la couleur.

C'était la première fois qu'il voyait Alanna porter du rouge. Elle portait d'ordinaire des teintes plus douces, plus neutres. Mais Holly avait décidé que ses demoiselles d'honneur porteraient du rouge pour une raison d'ordre sentimental, semblait-il. Il était question d'un bouquet de roses rouges sans lequel elle n'aurait jamais rencontré Richard…

Eclatante, la couleur contrastait divinement avec le teint de porcelaine et la chevelure dorée d'Alanna.

La coupe de la robe était d'une élégante simplicité. C'était un fourreau qui épousait ses courbes sans les mouler. Le décolleté bateau dévoilait ses épaules crémeuses mais dissimulait pudiquement le creux de ses seins. Les manches étaient longues et droites car c'était le mois de juin. Et à Sydney, le mois de juin est un mois d'hiver.

Dieu merci, le temps était plutôt clément même s'il régnait à l'intérieur de la vieille église un froid sec et mordant.

Parvenue au bout de l'allée centrale, la première demoiselle d'honneur s'écarta sur le côté et Reece put contempler à loisir le visage de sa femme. Un visage d'une beauté parfaite, à la fois pur et classique. Elle avait un front haut, un menton qui pointait délicatement, des pommettes saillantes et un petit nez droit, très légèrement retroussé. Ses yeux verts en amande étaient bordés de longs cils naturellement recourbés. Ses lèvres pleines paraissaient encore plus sensuelles peintes en rouge. Elle avait un teint diaphane, éclatant de santé.

Le regard voilé de Reece glissa sur son corps élancé, le dépouillant mentalement de cette incroyable robe rouge pour l'imaginer comme il la préférait : nue, sans aucun artifice.

Alanna possédait tout ce qui avait toujours attisé son désir : un corps mince et ferme, des jambes fuselées, interminables, des fesses rondes et musclées et une poitrine menue et haute.

Physiquement, il devait avouer qu'elle ressemblait beaucoup à Kristine. C'était d'ailleurs en partie pour cela qu'il l'avait demandée en mariage. Jamais il n'aurait pu imaginer se marier avec une femme qui ne l'attirait pas physiquement. L'autre raison était moins avouable car elle était née d'un besoin de se venger qu'il s'efforçait pourtant de dominer… Mais c'était ainsi : Alanna était encore plus belle que son ex-fiancée et ce constat l'emplissait de fierté. Et elle, en plus, voulait fonder une famille.

Tandis que ces pensées tourbillonnaient dans son esprit, il s'efforça de faire resurgir les sentiments de vengeance qui l'avaient poussé à épouser Alanna, presque un an plus tôt.

A son grand étonnement, il n'y parvint pas.

La stupéfaction fut vite remplacée par une immense bouffée de soulagement. C'était la preuve qu'il avait définitivement rayé Kristine de son esprit. Qu'elle aille au diable… Après tout, c'était bien ce qu'elle méritait.

La seule femme qui comptait pour lui désormais était la superbe créature en rouge qui remontait lentement l'allée. Sa femme. L'éblouissante, la mystérieuse, la fascinante Alanna.

Quelques années plus tôt, Reece aurait interprété son accès de jalousie comme une preuve d'amour. Mais il avait fêté son trente-sixième anniversaire et, à cet âge-là, un homme un tant soit peu sensé ne confondait plus le besoin de possession avec les grands sentiments. Il aimait beaucoup Alanna et lui vouait un profond respect. De là à parler d'amour…

Non. Il n'éprouvait aucun élan romantique quand il la regardait. Et c'était une bonne chose parce que l'amour n'entrait pas en ligne de compte dans leur union. Alanna s'était montrée particulièrement insistante à ce sujet. Il ne serait pas question de sentiments entre eux.

Devant son étonnement, elle lui avait confié qu'elle avait été follement amoureuse de son défunt mari. Oui, ç'avait été l'amour de sa vie, tragiquement décédé dans un accident de voiture. Il était hors de question qu'elle goûte de nouveau aux affres de l'amour.

Au cours de leur premier rendez-vous, Alanna s'était livrée sans faux-semblants. Elle avait cru un moment qu'elle ne se remarierait jamais mais alors qu'elle approchait de la trentaine, son envie de fonder une famille avait resurgi avec force. Des enfants, un mari, un foyer, voilà ce qu'elle désirait. Mais en aucun cas elle n'aspirait à tomber amoureuse, avait-elle répété avec insistance.

C'était précisément pour cette raison qu'elle s'était adressée à l'agence de rencontres on line *Une femme pour la vie*. Ce site avait pour mission de mettre en relation des chefs d'entreprise et des cadres supérieurs avec de jolies jeunes femmes cultivées, désireuses de fonder une famille. Bien qu'il se produisît parfois de véritables coups de foudre, au dire de la directrice de l'agence, il s'agissait dans l'ensemble d'unions de tête plutôt que de cœur ; des mariages de raison, comme on disait jadis.

C'était exactement ce que recherchait Reece en s'inscrivant à l'agence un an plus tôt. Pour lui non plus, l'amour n'entrait pas dans ses préoccupations.

A l'époque, Alanna incarnait tout ce qu'il désirait : une sublime créature qu'il pourrait exhiber fièrement à son bras comme un trophée, un pansement pour son ego blessé, un atout de taille dans sa réussite professionnelle, et un instrument de vengeance idéal.

Il avait veillé à ce que les photos de leur mariage paraissent dans tous les magazines haut de gamme de la presse people. Promoteur immobilier en vogue, il n'avait eu aucun mal à convaincre les journalistes d'assister aux flamboyantes réceptions qu'il avait données chez lui. Des clichés de ces mémorables soirées émaillaient régulièrement les pages mondaines des magazines d'actualité… Et la sculpturale Alanna se tenait toujours à son côté, rayonnante.

Les premiers temps, il avait pris un malin plaisir à imaginer la mine déconfite de Kristine devant ces photos. Kristine, consignée auprès du bellâtre vieillissant qu'elle lui avait préféré… Son ex-fiancée avait sans aucun doute regretté plus d'une fois d'avoir prématurément rompu leurs fiançailles. A sa décharge, comment aurait-elle pu imaginer qu'il deviendrait multimillionnaire trois ans à peine après avoir frôlé la faillite ?

Pauvre Kristine, songea Reece avec cynisme. Si seulement elle s'était montrée loyale et confiante… Au lieu de quoi, elle avait préféré se jeter dans les bras d'un producteur sur le retour qui avait la réputation de remplacer ses petites amies starlettes à peu près tous les ans.

Il fut un temps où la nouvelle de leur rupture l'aurait empli d'une joie fielleuse. Mais sans même s'en apercevoir, au fil des semaines puis des mois, il avait cessé de songer à Kristine.

Quand s'était produit ce petit miracle ? Quelques mois plus tôt, sans doute ; il était incapable de le dater avec précision. Il fallait bien admettre qu'il aurait été difficile de rêver à une autre femme quand on était marié à une créature aussi fascinante qu'Alanna.

Car en plus de sa beauté plastique, époustouflante, elle possédait une personnalité hors du commun. Elle ne lui posait jamais de questions, ne cherchait pas à savoir ce qu'il faisait pendant ses journées de travail. Elle ne boudait pas non plus lorsqu'il rentrait plus tard que d'habitude ou partait en voyage d'affaires de façon inopinée. Elle entretenait leur maison à merveille, incarnait l'hôtesse idéale aux yeux de tous, et se transformait, la nuit, en amante tendre et passionnée. Que demander d'autre ? A bien y réfléchir, ils formaient un couple parfait.

En fait, l'amour aurait tout gâché.

Absorbé dans la contemplation de sa somptueuse épouse, Reece s'avoua pourtant qu'il était *physiquement* attaché à Alanna.

Il l'avait désirée dès l'instant où il avait posé les yeux sur elle. Mais aujourd'hui, le désir qu'il éprouvait prenait un tour plus intense, plus impétueux.

C'était la faute de cette satanée robe, sans aucun doute. Plus précisément, de sa couleur. Le rouge n'était-il pas considéré comme la couleur de la tentation… Du danger ?

Il serait incapable de patienter pendant toute la réception... Il n'avait qu'une hâte : lui arracher cette fichue robe et lui faire l'amour avec ardeur.

Oui, mais il était le témoin du marié et Alanna une des demoiselles d'honneur. Jamais on ne leur pardonnerait de s'éclipser avant la fin de la fête... D'ailleurs, Alanna refuserait de le suivre. Cela faisait des semaines qu'elle aidait Holly à préparer la réception. Lorsqu'elle s'était levée, à l'aube, pour s'assurer que tout était fin prêt, on aurait dit une enfant au matin de Noël.

Une idée follement excitante surgit tout à coup dans son esprit enfiévré : peut-être réussirait-il à la convaincre de s'éclipser discrètement un instant. Dans une chambre inoccupée ou des toilettes, peut-être ?

C'était le moment de s'adonner à ce genre de fantaisie, songea-t-il, tandis qu'une onde de chaleur l'envahissait. Avant qu'Alanna tombe enceinte. Cela faisait trois mois qu'ils essayaient d'avoir un bébé. En vain, pour le moment. Mais tôt ou tard, ils réussiraient.

Plongé dans ses pensées, il prit soudain conscience du regard d'Alanna qui le fixait en fronçant les sourcils, tout en avançant vers l'autel. Ses pensées se reflétaient-elles sur son visage ? Probablement.

Submergé par une bouffée de culpabilité, il s'empressa d'afficher un de ces sourires éclatants qu'il utilisait tous les jours au travail, avec un succès jamais démenti.

— Tu es magnifique, articula-t-il à l'intention de son épouse.

Lorsqu'elle le gratifia à son tour d'un sourire radieux, il sentit son ventre se contracter. Par miracle, il réussit toutefois à conserver son sourire, comme si de rien n'était.

Malgré son allure désinvolte et son physique de jeune premier, Reece avait toujours été en proie à des émotions fortes, parfois incontrôlables. Depuis sa plus tendre enfance, ses envies et ses impulsions avaient guidé ses pas. Quand il désirait quelque chose, c'était toujours dans l'excès. Quand il tombait amoureux, c'était toujours passionnément.

Lorsque Kristine l'avait quitté, il était devenu fou de désespoir et de jalousie. Même si personne dans son entourage ne s'était douté du tourbillon d'émotions qui le secouaient sans ménagement, Reece s'était senti consumé par le besoin irrépressible de répliquer, de quelque manière que ce soit. Oui, il avait voulu se venger de la femme qui l'avait si lâchement trahi. D'abord en regagnant sa fortune. Ensuite en se mariant.

Par une chance inouïe, son mariage avec Alanna s'était avéré une vraie réussite. Il aurait très bien pu déboucher sur un échec retentissant.

Incapable de détacher son regard de sa ravissante épouse, il se trouva de nouveau en butte à d'étranges pensées. Que portait-elle sous cette incroyable robe rouge… ?

L'apparition d'Holly à l'entrée de l'église l'arracha à ses songeries érotiques pour le ramener au présent, délicieusement romantique.

La jeune mariée était jolie comme un cœur. Un sourire étira ses lèvres lorsqu'il vit le marié retenir son souffle. Sous ses apparences de banquier froid et austère, Richard était un grand romantique. A la fois sentimental et idéaliste.

Visionnaire, aussi, ce en quoi Reece lui serait éternellement reconnaissant. Si Richard ne s'était pas risqué en dehors des sentiers battus et rebattus de la haute finance, il serait aujourd'hui sur la paille. Car c'était bel et bien Richard qui avait accepté de le soutenir financièrement quand toutes les autres banques lui tournaient le dos. Sans l'ombre d'une hésitation, il lui avait accordé tous les prêts qu'il sollicitait jusqu'à ce que le marché de l'immobilier redécolle enfin pour connaître un succès exponentiel. C'était la main de l'amitié que lui avait tendue Richard à cette époque-là, Reece n'était pas près de l'oublier.

— J'ai eu tort de douter, je l'avoue, murmura-t-il en se penchant vers son ami. C'est exactement la femme qu'il te fallait.

— Elle est bien trop jeune pour lui, bougonna Mike.

Il étouffa un grognement lorsque Reece lui décocha un coup de coude dans les côtes.

— D'accord, d'accord, elle est folle amoureuse de lui, reprit Mike d'un ton bourru. Ça crève les yeux. Le pire, c'est que je crois qu'il l'aime aussi.

— Et alors, où est le problème ? demanda Reece.

— Taisez-vous, tous les deux, intervint Richard. Au cas où vous ne l'auriez pas remarqué, je suis sur le point de me marier.

Reece foudroya Mike du regard mais ce dernier se contenta de hausser les épaules d'un air désinvolte.

Lorsque Richard avança d'un pas pour prendre la main de sa future épouse, Reece aperçut l'expression d'Holly à travers son voile.

Ce qu'il lut dans son regard aurait dû l'emplir de joie pour son ami car c'était indéniablement de l'amour qui éclairait ses grands yeux pétillants. Alors pourquoi se sentait-il tout à coup aussi... désemparé ? Il n'éprouvait tout de même pas de l'envie en cet instant précis... n'est-ce pas ?

Ce n'était pourtant pas impossible. Aucune femme ne l'avait encore jamais regardé ainsi, avec cette espèce d'adoration aveugle, de confiance béate. Pas même Kristine au meilleur de leur relation. Et certainement pas Alanna.

Il jeta un coup d'œil à sa femme qui se tenait à côté de la jeune mariée. Le voile d'Holly empêcha leurs regards de se rencontrer.

C'était peut-être mieux ainsi, songea-t-il, soudain morose. Les yeux d'Alanna n'exprimeraient jamais de sentiments aussi intenses. Tout au mieux pouvait-il espérer y lire le feu d'un désir brûlant.

Il eut soudain hâte d'allumer cette flamme, de se perdre dans son regard embrumé de volupté. Ce ne serait pas aussi puissant que l'amour, certes… Mais il saurait s'en contenter.

2.

— Tu vois ? fit Alanna en gratifiant Mike d'un sourire triomphant. Tu sais danser. Tu as même le rythme dans la peau.

Plusieurs fois d'affilée, Mike avait décliné les invitations de ses amies, et Alanna en était arrivée à la conclusion qu'il s'esquivait parce qu'il ne savait pas danser. Aussi, lorsqu'elle l'avait vu assis tout seul à la table des mariés, l'air maussade, avait-elle décidé d'en avoir le cœur net. Après avoir suggéré à Reece d'inviter Sara, elle avait entraîné Mike sur la piste de danse.

La réception se tenait dans une immense demeure edwardienne aux parquets cirés, idéals pour valser.

— Il faut dire que j'ai un bon professeur, plaisanta Mike en levant enfin les yeux de ses pieds.

— Et tu es un excellent élève. Tu vas pouvoir emmener ta petite amie en boîte de nuit, maintenant.

— Je n'ai personne en ce moment.

— Ah bon ? Ça ne te ressemble pas, dis donc.

— J'ai trop de boulot.

— Tu travailles sur quelque chose de particulier ?

— Sur un nouveau logiciel antivirus. Je vais gagner une petite fortune grâce à lui. Enfin, si je trouve une boîte qui accepte de le commercialiser.

— Pourquoi pas la tienne ? demanda Alanna en faisant allusion à la petite mais très lucrative entreprise d'informatique que Mike avait créée et dont Reece et Richard étaient actionnaires.

— Parce qu'elle n'est pas assez importante. Pour ce coup-là, il me faut une grosse entreprise internationale. Américaine, de préférence. Dès que j'aurai jeté mon dévolu sur une boîte, je demanderai à Richard de mener les négociations. Il est bien meilleur que moi dans ce domaine.

— Mais il sera en voyage de noce tout le mois prochain, fit remarquer Alanna. Il emmène Holly en Europe.

— Il n'y a pas d'urgence. Le logiciel n'est pas encore tout à fait au point, je dois le tester à fond pour m'assurer qu'il n'y a aucune faille.

— Je vois.

Bien qu'elle ait quitté son poste de directrice des relations publiques après avoir épousé Reece — après tout, c'était un métier à plein temps d'être Mme Diamond ! —, Alanna continuait à gérer les frais de la maison sur son ordinateur. Cela dit, l'outil informatique demeurait parfois pour elle un véritable mystère.

— Tu sais quoi ? J'ai l'impression que Reece n'apprécie pas vraiment que tu sois en train de danser avec moi, marmonna soudain Mike entre ses dents.

— Pardon ?

Incrédule, Alanna balaya la salle du regard pour repérer son mari qui dansait toujours avec Sara. Même de dos, il se distinguait aisément du reste des convives, avec sa haute stature et sa chevelure claire. Lorsque, enfin, il tournoya sur lui-même et que leurs regards se nouèrent, elle fut stupéfaite de voir son beau visage, d'habitude si amène, assombri par la contrariété.

— C'est bien ça, confirma Mike. Il est jaloux.

Un frisson parcourut la jeune femme.

— Ne raconte pas n'importe quoi, objecta-t-elle d'un ton sec. Reece ne possède pas une once de jalousie en lui.

— Je t'en prie, Alanna, ouvre les yeux, bon sang ! Tu es une femme splendide. Si nous étions mariés, je ne supporterais pas de te voir dans les bras d'un autre. Ce n'est pas parce que votre mariage est un peu spécial que Reece n'a pas le droit de réagir comme n'importe quel homme normalement constitué. Tu es sa femme et moi, je suis un séducteur invétéré, libre comme l'air de surcroît. C'est tout à fait logique qu'il se sente menacé. Mais il devrait tout de même savoir que je ne chercherai jamais à te séduire. Ni toi, ni Holly.

Malgré les explications de Mike, elle avait peine à croire que Reece puisse être jaloux à cause d'elle, de quelque manière que ce soit. Ce n'était pas la première fois qu'elle dansait avec un autre homme, et dans des tenues autrement plus provocantes que celle qu'elle portait aujourd'hui ! Pas une seule fois Reece n'avait émis la moindre objection. Il était clair que cela lui importait peu.

— Désolée, Mike, je n'arrive pas à croire que mon mari soit jaloux, déclara-t-elle avec assurance. Sara a dû dire quelque chose qui l'a agacé.

— Tu veux une preuve ?

— Qu'entends-tu par là ?

Sans se donner la peine de lui répondre, Mike resserra son étreinte et la plaqua contre son corps musclé, une main logée dans le creux de ses reins. Prise de court, Alanna laissa échapper un petit cri. La réaction de son mari ne se fit pas attendre. Son visage s'assombrit encore davantage, sa bouche prit un pli menaçant tandis que ses yeux d'un bleu perçant se rétrécissaient dangereusement.

Une vague de panique déferla sur Alanna.

— Ce n'est pas possible, murmura-t-elle d'une voix tremblante. Il ne s'est jamais montré jaloux.

— Reece est un homme. C'est une question de territoire.

Mike relâcha brusquement la pression de sa main et Alanna s'empressa de prendre ses distances.

— C'est ridicule, insista-t-elle, en proie à une angoisse sourde. Reece n'a pas l'âme d'un jaloux. Un jaloux n'offrirait jamais à sa femme les tenues sexy qu'il aime me voir porter dans les soirées.

Un bref silence suivit ses paroles. Finalement, Mike demanda tout à trac :

— Que sais-tu au juste du passé de ton mari ?

Alanna fronça les sourcils.

— Pas mal de choses. Reece est l'aîné de trois garçons. Son père est mort accidentellement quand il était au lycée. Il a commencé à travailler le week-end pour une agence immobilière à l'âge de dix-sept ans et les ventes marchaient tellement bien qu'il a renoncé à entrer à l'université pour se consacrer entièrement à son métier. A vingt et un ans, il avait gagné son premier million.

— Ce n'est pas ce que je te demandais. Que sais-tu de son passé plus immédiat… Que t'a-t-il raconté des années qu'il a vécues juste avant de te rencontrer ?

— Eh bien, je sais qu'il a connu un grave revers de fortune il y a quelques années. Il ne s'en serait jamais remis si Richard n'avait pas été là pour lui remettre le pied à l'étrier. Oh, mais je suppose que c'est à son ex-fiancée que tu fais allusion. La fameuse Kristine, c'est ça ? Reece m'a raconté qu'elle l'avait laissé tomber pour se réfugier dans les bras d'un vieux milliardaire quand le vent a tourné pour lui.

C'était précisément pour cette raison, lui avait-il expliqué lors de leur premier rendez-vous, qu'il n'était pas plus intéressé qu'elle par l'amour. Il avait été follement amoureux et avait beaucoup souffert, comme elle. Il n'avait plus envie de connaître ça.

De son côté, elle lui avait parlé de son chagrin à la suite de la mort accidentelle de son mari bien-aimé. Alanna n'avait pas eu le courage de lui dire toute la vérité au sujet de Darko.

Une question surgit alors dans son esprit : et si Reece ne lui avait pas tout dit, lui non plus ? Mike savait-il quelque chose qu'elle ignorait ?

— Il t'a donc parlé de Kristine, fit Mike d'un ton laconique.

— Il m'a tout dit sur elle, confirma Alanna.

Combien elle était belle, qu'elle rêvait de devenir actrice. Elle l'avait quitté tout juste trois semaines avant la date de leur mariage.

— *Tout dit ?* Permets-moi d'en douter. Un homme ne dit jamais tout à sa femme, et il ne se vante certainement pas d'avoir été humilié par une ex-petite amie. Nous avons notre petite fierté, tu sais.

— Qu'a-t-elle fait, au juste ? demanda-t-elle, intriguée.

— Tu n'as qu'à demander à Reece, j'ai comme l'impression de t'en avoir déjà trop dit.

— Je ne vais tout de même pas le soumettre à un interrogatoire. Je t'en prie, Mike, raconte-moi.

— Qu'a-t-il de si intéressant à raconter, ce cher Mike ?

Alanna fit volte-face et se retrouva nez à nez avec son mari qui toisait Mike d'un air contrarié.

— Ta femme désire que je lui explique le fonctionnement de mon nouveau logiciel, répondit ce dernier sans ciller. Pour être franc, j'ai toujours eu un mal fou à expliquer l'outil informatique aux non-initiés. A en juger par ton regard noir, je ferais mieux de te rendre Alanna sur-le-champ, enchaîna-t-il avec aplomb. C'est un merveilleux professeur de danse. Allez, il est temps pour moi de prendre congé. Je vais aller dire au revoir aux jeunes mariés et je m'en vais. A la prochaine, les amis. Merci encore pour le cours de danse, Alanna. Ça me servira sans doute, un de ces jours.

Alanna le gratifia d'un sourire reconnaissant. Son speech les avait tirés in extremis d'un mauvais pas. Restait à éclaircir le soi-disant accès de jalousie de Reece…

— Pourquoi me foudroyais-tu du regard en arrivant ? Mike te soupçonne d'être jaloux.

L'espace d'un instant, les traits de Reece se durcirent, sa mâchoire se crispa et ses yeux devinrent froids comme la pierre. Puis il partit d'un rire amusé et la tension se dissipa d'un coup, au grand soulagement d'Alanna.

— N'ai-je pas le droit de me montrer un tantinet possessif à l'égard de ma superbe femme ?

— Ça ressemble trop à de la jalousie pour moi, objecta-t-elle gentiment. Et tu sais comme je déteste ça, Reece.

Ce dernier fit la moue mais son regard avait retrouvé tout son éclat.

— Je suis désolé, chérie. C'est à cause de cette fichue robe.

Les yeux de la jeune femme s'arrondirent de surprise.

— Ma robe ? C'est ridicule, voyons. Elle n'a absolument rien d'indécent par rapport au reste de ma garde-robe.

— Ça doit être la couleur. Elle me met dans tous mes états. Si tu veux tout savoir, de drôles d'idées me traversent l'esprit depuis que je t'ai vue remonter l'allée dans l'église, murmura-t-il de ce ton suave et caressant qu'il prenait lorsqu'il lui faisait l'amour.

Elle sentit son cœur s'emballer comme des images infiniment sensuelles défilaient dans son esprit. Nul doute que Reece songeait à la même chose qu'elle, elle le lisait dans son regard.

— J'ai une folle envie de toi, chérie, reprit-il dans un souffle. Je ne vais pas pouvoir attendre d'être à la maison…

Elle frissonna sous son regard ardent. Elle était habituée à lire du désir dans ses yeux mais ce soir, c'était un désir d'un tout autre genre. Plus intense, plus primitif. Et mille fois plus excitant.

Tout à coup, le reste de l'assemblée se perdit dans le vague, elle ne vit plus que les yeux de son mari dardés sur elle. Ses lèvres s'ouvrirent légèrement, sa gorge s'assécha. Elle frissonna.

Un slow sirupeux lui parvint aux oreilles, comme assourdi. Sans mot dire, les yeux toujours rivés sur elle, Reece l'attira dans ses bras. Lorsqu'il la plaqua contre son corps tendu par le désir, une vague d'exquises sensations la submergea. Ses tétons se durcirent sous le satin de sa robe.

Instinctivement, elle noua les mains sur la nuque de son mari et leurs deux corps s'emboîtèrent avec bonheur.

— Je brûle d'envie de t'embrasser, murmura-t-il en enfouissant son visage dans ses cheveux.

— Non…, protesta-t-elle d'une voix mal assurée. Non, pas ici.

— Où, alors ?

Alanna savait pertinemment ce qu'il lui proposait. Il ne s'agissait pas d'un simple baiser. L'idée qu'ils puissent faire l'amour ailleurs que dans l'intimité de leur chambre à coucher la précipita dans un doux vertige. Pour avoir visité la demeure en compagnie d'Holly, elle savait qu'il y avait plusieurs vestiaires au premier étage, certains bien à l'écart du couloir principal.

La tentation de s'y réfugier avec Reece était grande. Elle en mourait d'envie. Pourtant, leur vie sexuelle la comblait et elle se sentait parfaitement épanouie. Il la respectait et prenait soin d'elle avec beaucoup de tendresse. Son comportement ne risquait-il pas de changer si elle se laissait aller à pareille fantaisie ? Plus que tout, elle désirait être sa femme et la mère de ses enfants, pas une maîtresse toujours disposée à satisfaire ses caprices érotiques, n'importe où et n'importe quand.

Non, elle devait à tout prix résister à la tentation.

— C'est impossible, Reece, déclara-t-elle avec une assurance qu'elle était loin d'éprouver. Il faut que j'aide Holly à se changer.

— Elle est en train de danser et ne semble pas du tout décidée à aller se changer, fit observer son mari en désignant du menton le couple de jeunes mariés, tendrement enlacés, qui évoluait sur la piste. S'il te plaît, Alanna, disparaissons quelques instants. Après tout, nous sommes mariés, personne ne nous reprochera quoi que ce soit…

— Là n'est pas la question, objecta-t-elle. Je suis désolée, Reece, tu vas devoir attendre que nous rentrions à la maison.

Une frustration intense se lut sur son visage.

— C'est parfaitement idiot. Tu en as autant envie que moi, ne le nie pas. C'est ce que tu veux, je le sais.

Tandis qu'il argumentait, ses doigts se resserrèrent autour du bras d'Alanna. Exaspérée, celle-ci se libéra de son étreinte et le foudroya du regard.

— Ne prétends pas savoir ce que je veux, Reece, répliqua-t-elle d'un ton coupant. J'ai dit non et je ne reviendrai pas sur ma décision. Je ne sais pas ce que tu as, ce soir, mais ton attitude ne me plaît pas beaucoup. Maintenant, je vais aller aider Holly. J'espère que tes manières étranges auront disparu avant notre retour à la maison ; j'ai hâte de retrouver le gentleman prévenant et courtois que j'ai épousé !

3.

Le silence tendu qui régnait dans la voiture sur le chemin du retour attisa l'inquiétude de Reece. Et si Alanna ne voulait pas de lui, ce soir ? Comment devrait-il interpréter sa réaction ?

Alanna désirait désespérément un bébé. Chaque mois, lorsqu'elle découvrait qu'il leur faudrait encore se montrer patients, une vive déception s'emparait d'elle. Elle s'était plongée dans des tas de livres sur le sujet et avait même entouré en rouge ses jours d'ovulation sur le calendrier de la cuisine. Ce soir ne faisait peut-être pas partie des jours les plus féconds, mais on s'en approchait. Non, elle ne se refuserait pas à lui.

L'espace d'un instant, il revit ses beaux yeux verts pétiller d'excitation lorsqu'il avait suggéré de trouver un endroit tranquille alors que la fête battait son plein. C'était une Alanna qu'il ne connaissait pas encore, mais qu'il avait déjà hâte de retrouver. Il aurait aussi aimé qu'elle ne s'enferme plus à double tour dans la salle de bains quand elle prenait une douche. Qu'elle soit moins pudique, libérée de certains de ses principes, trop rigides.

Taraudé par un regain de frustration, il faillit la provoquer, la pousser dans ses retranchements pour chasser l'affreux doute qui s'immisçait en lui.

Est-ce parce que tu veux un bébé que tu m'autorises à te faire l'amour ? avait-il envie de lui demander sans ambages. *Est-ce que tu simules l'orgasme quand tu es dans mes bras ?*

Est-ce que je compte pour toi ou suis-je seulement un moyen pour parvenir à tes fins ?

A vrai dire, Reece ne la soupçonnait pas de feindre le plaisir quand ils faisaient l'amour. Cependant, quelque chose sonnait faux chez elle, quelque chose d'indéfinissable qu'il ne parvenait pas à cerner. Jusqu'à présent, l'idée qu'elle puisse veiller jalousement sur son jardin secret ne l'avait pas dérangé, mais ce soir, la situation avait changé. Il voulait en savoir davantage sur Alanna, il voulait qu'elle lui donne plus, encore plus et, que Dieu lui soit témoin, il était bien décidé à obtenir ce qu'il voulait !

Le visage tourné vers la vitre côté passager, Alanna se tenait droite comme un i dans le coupé Mercedes, les deux mains sagement posées sur ses genoux.

Reece était furieux, elle pouvait sentir sa colère. Avec le temps, elle était passée maître dans l'art de détecter la colère d'un époux... Dieu merci, le courroux de Reece n'avait aucune commune mesure avec celui de Darko. Combien de fois avait-elle tremblé de peur lorsque ce dernier s'emportait ?

Ce soir-là, elle n'éprouvait aucune peur mais simplement une profonde contrariété mêlée à un soupçon de culpabilité.

Elle s'en voulait de l'avoir mis en colère, tout ça parce qu'il s'était montré un peu trop possessif à son égard. Mike avait raison, au fond. C'était une réaction typiquement masculine, totalement inoffensive.

Elle aurait dû lui présenter des excuses mais, bizarrement, les mots ne venaient pas. Reece engagea la voiture dans l'allée qui menait à leur maison et s'arrêta devant le portail fermé. Machinalement, il appuya sur le boîtier de la télécommande et tapota le volant en attendant que les portes s'ouvrent.

Au prix d'un effort, elle se tourna vers lui et chercha quelque chose à dire, n'importe quoi pour briser la tension qui devenait insupportable. Mais une fois de plus, les mots lui firent défaut et son regard se posa sur l'imposante façade de leur demeure.

Aux yeux de toutes ses amies, Alanna menait une vie de rêve. Ce n'était pas entièrement faux : elle habitait une maison somptueuse, conduisait une voiture luxueuse et possédait une garde-robe griffée des plus grands couturiers.

Mais ce n'étaient pas ces signes extérieurs de richesse matérielle que lui enviaient ses amies, non. C'était Reece en personne, son très séduisant et très charismatique époux.

Il fallait bien reconnaître qu'il avait tout du mari idéal, à la fois ambitieux, enjoué, généreux, cultivé et attentionné. C'était également un merveilleux amant qui, jusqu'à ce soir en tout cas, s'était toujours montré satisfait de leurs étreintes. C'était la première fois qu'il désirait autre chose… Un moment de plaisir presque interdit.

Alanna avait donc tout pour être heureuse, c'était indéniable. Pourtant, tout ce bonheur ne serait que superficiel si elle ne parvenait pas à avoir d'enfant, songea-t-elle avec un pincement au cœur.

Lorsqu'elle avait aidé Holly à ôter sa robe de mariée quelques heures plus tôt, celle-ci lui avait confié qu'elle était enceinte. Malgré la joie sincère qu'elle avait éprouvée pour son amie, Alanna n'avait pu s'empêcher de ressentir une pointe d'inquiétude. Trois mois s'étaient écoulés depuis qu'elle avait arrêté de prendre la pilule et elle n'était toujours pas enceinte. Et si quelque chose n'allait pas chez elle ? Et si elle ne pouvait plus avoir d'enfant…

Les médecins lui avaient pourtant assuré qu'elle finirait par se remettre du choc sans avoir à souffrir de lésions irréversibles.

Mais ils s'étaient peut-être trompés.

— Tu as tout de même l'intention d'entrer, je suppose ?

Les paroles cinglantes de Reece ramenèrent brutalement Alanna à la réalité. Absorbée dans ses pensées, elle ne s'était pas rendu compte qu'ils étaient déjà arrivés au garage. Le moteur était coupé et il la considérait d'un air sombre.

— Oui, bien sûr, répondit-elle en ouvrant sa portière.

Un soupir s'échappa de ses lèvres.

— J'étais juste perdue dans mes pensées.

— Oh... et à quoi pensais-tu ? fit Reece en sortant à son tour de la voiture.

Il claqua sa portière d'un geste brusque.

— A ta future carrière de professeur de danse, peut-être ?

Désarçonnée par son cynisme, Alanna se contenta de secouer la tête. Mais lorsqu'elle passa devant lui pour se diriger vers la porte de la maison, il la saisit par le bras et l'obligea à lui faire face.

— Je n'accepterai pas que tu me sois infidèle, Alanna, j'aimerais que ceci soit clair entre nous. Nous ne nous aimons peut-être pas d'amour mais nous nous sommes promis fidélité et loyauté devant Dieu.

— Je n'ai aucune intention de rompre mon serment, protesta-t-elle avec fougue, choquée par l'attitude de Reece. Toutefois, je pourrais très bien demander le divorce si tu continues à me malmener de la sorte.

Sans relâcher son étreinte, il la considéra d'un air réprobateur.

— Ce n'est pas ainsi que tu exaucerais ton vœu le plus cher : devenir mère... Car c'est bien pour ça que tu m'as épousé, non ?

— C'était une raison parmi d'autres, en effet, admit Alanna d'un ton sec. Je désirais fonder une famille.

— Quelles étaient les autres raisons ? Mon argent, j'imagine ?

— J'avais envie de sécurité matérielle, c'est exact. Mais si tu veux tout savoir, j'ignorais que tu étais à ce point fortuné quand j'ai accepté ta proposition de mariage. Maintenant, je te prie de bien vouloir me lâcher.

Il s'exécuta mais ne bougea pas d'un pouce, la dominant de toute sa hauteur. Elle voulut reculer mais ses jambes heurtèrent le pare-chocs de la voiture.

— Et le sexe, dans tout ça ? Tu m'as avoué dès notre premier rendez-vous que tu supportais très mal la solitude. A mots à peine voilés, tu m'as laissé entendre qu'il te fallait un homme dans ton lit, un homme qui puisse te donner du plaisir. Es-tu satisfaite sur ce plan, Alanna ? demanda-t-il en l'enveloppant d'un regard pénétrant qui la fit tressaillir.

Comme elle tentait de se dérober en esquissant un pas sur le côté, Reece la prit par les épaules et la força à le regarder.

— Es-tu comblée ? insista-t-il.

— Tu le sais très bien, articula-t-elle, parcourue d'un violent frisson.

Sans mot dire, il la plaqua contre lui tandis que ses yeux étincelaient. L'instant d'après, sa bouche exigeante capturait celle d'Alanna.

Reece savait exactement quel genre de baiser aimait son épouse. Dès leur nuit de noces, elle n'avait su résister aux caresses audacieuses de ses lèvres. Lorsqu'il s'arrêta, elle s'accrocha à lui, pantelante.

— Allonge-toi sur le capot, dit-il d'une voix rauque.

Les yeux de la jeune femme s'arrondirent de surprise.

— Mais…

— Ne discute pas, Alanna, ordonna Reece avant de reprendre ses lèvres pour faire taire ses protestations.

Elle n'opposa aucune résistance lorsqu'il la poussa doucement sur le capot encore chaud de la voiture et entreprit de retrousser sa robe jusqu'à la taille.

Son cœur se mit à battre à coups redoublés tandis qu'une onde de chaleur l'embrasait. Un délicieux vertige l'assaillit.

— Oh, mon Dieu, murmura-t-il en découvrant ce qu'elle portait sous sa robe.

C'était un bustier rouge orné d'un porte-jarretelles qui retenait ses bas. Sa culotte se résumait à un minuscule triangle de dentelle. Alanna aimait la lingerie sexy et sophistiquée mais elle n'avait encore jamais porté de sous-vêtements rouges.

D'un geste habile, Reece la débarrassa de son string puis, glissant une main entre ses cuisses, il écarta ses jambes et se pencha sur elle. Elle se mordit la lèvre et ferma instinctivement les yeux.

Elle se raidit dans l'attente de son baiser, mais, contre toute attente, ce furent ses doigts qu'elle sentit d'abord entre ses cuisses. Ses doigts fermes et chauds, provocants.

— Tu es déjà prête à m'accueillir, fit-il observer d'une voix suave.

Il continua à la caresser jusqu'à ce qu'elle le supplie d'arrêter. C'étaient ses lèvres qu'elle désirait. Et sa langue.

Lorsque, enfin, il accéda à son désir, elle secoua la tête de droite à gauche, grisée par le plaisir croissant qu'il distillait en elle avec une lenteur délibérée.

Ses caresses cessèrent d'un coup et Alanna ouvrit les yeux, frappée de stupeur.

— Ne… ne t'arrête pas maintenant ! protesta-t-elle d'un ton suppliant.

Glissant ses mains sous ses fesses, il la souleva dans ses bras. Les yeux de Reece brillaient tandis qu'un sourire sensuel jouait sur ses lèvres.

— Chut…

— Mais que fais-tu ? demanda-t-elle, envahie par la frustration.

— Dis-moi ce que tu ressens en cet instant précis, fit Reece en la portant jusque dans la maison. Dis-moi ce que tu attends de moi.

Elle sentit ses joues s'enflammer.

— Allez, ne sois pas timide, insista-t-il en se penchant vers elle pour chuchoter à son oreille. Personne ne t'entendra, à part moi. Et j'ai très envie que tu me dises ce que tu veux, comme ça, sans fioritures. Je t'en prie, chérie… dis-le-moi !

En proie à une excitation grisante, elle parla d'une voix rauque.

— Ne t'inquiète pas, murmura Reece en resserrant son étreinte comme il gravissait l'escalier qui menait à leur chambre. Je me ferai un plaisir de satisfaire tes désirs… Tous tes désirs…

4.

Reece contempla longuement son épouse endormie. Devait-il la réveiller ? C'était dimanche, après tout, et ils n'avaient rien prévu, désireux de se reposer après les émotions de la veille.

Cependant, il était presque midi et Alanna dormait depuis huit heures. Il avait envie de sa compagnie.

Il avait envie d'elle, aussi. Envie de cette nouvelle Alanna qu'il avait découverte la veille.

Son corps se raidit au souvenir de la femme qui s'était révélée à lui lors de la scène du garage. Elle s'était presque montrée agressive lorsqu'ils étaient parvenus dans leur chambre. Elle l'avait déshabillé avec des gestes brusques avant de le chevaucher fougueusement, libérée des tabous qui l'entravaient jusqu'alors.

Un peu plus tard, ils avaient pris leur douche ensemble, pour la première fois — une expérience riche en sensations fortes… Et quand il l'avait priée de rester nue pour lui, elle n'avait marqué qu'une brève hésitation avant de céder à sa requête.

Il avait eu l'étrange impression de faire l'amour à une inconnue. L'Alanna qu'il avait tenue entre ses bras une bonne partie de la nuit n'avait rien à voir avec la femme élégante et sophistiquée, parfois un peu lointaine, qu'il avait épousée.

Laquelle de ces deux femmes, si différentes, aussi attirantes l'une que l'autre, allait se réveiller ce matin ?

Refoulant l'envie de le découvrir sur-le-champ, Reece décida de se lever. Le soleil brillait déjà haut dans le ciel. Ce serait un plaisir de prendre le petit déjeuner sur la terrasse qui donnait sur le jardin, derrière la maison.

D'un geste empreint de réticence, il tira le drap froissé et recouvrit son épouse divinement dénudée. Etouffant un soupir, il enfila son peignoir en éponge et prit la direction de la cuisine.

En ouvrant les yeux ce matin-là, Alanna se sentit incroyablement épanouie. A la fois sereine et bien dans sa peau. Et soudain, elle se souvint. De tout.

— Oh, mon Dieu, gémit-elle en se redressant.

Reece n'était plus là. A sa grande stupeur, le réveil indiquait 12 h 15. C'était la première fois de sa vie qu'elle dormait aussi tard !

A sa décharge, elle s'était endormie aux premières lueurs de l'aube, au bord de l'épuisement. Elle esquissa une grimace tandis qu'un frisson la parcourait. Comment diable avait-elle pu se conduire de la sorte ? A croire qu'elle avait momentanément perdu la raison !

Pour la première fois depuis qu'ils étaient mari et femme, Reece l'avait entraînée dans ce paradis de volupté et d'érotisme qu'elle avait tant aimé, plus jeune, avant d'apprendre à ses dépens que ce genre d'expérience pouvait se révéler extrêmement dangereuse pour une femme mariée.

En épousant Reece, elle s'était juré de ne pas commettre deux fois la même erreur. Lorsqu'il était comblé sexuellement par une femme ou une maîtresse prête à satisfaire tous ses fantasmes, un homme devenait vite jaloux, même s'il n'était pas amoureux.

Une plainte rauque s'échappa de ses lèvres. Fallait-il qu'elle soit idiote d'avoir révélé ainsi à Reece sa vraie nature ! Jamais elle ne supporterait de vivre de nouveau avec un homme dévoré par la jalousie. S'il se mettait à la questionner sur le moindre de ses faits et gestes, s'il commençait à la soupçonner du pire, leur mariage ne durerait pas longtemps.

D'un autre côté, ses inquiétudes n'étaient peut-être pas fondées. Reece était peut-être ravi d'avoir découvert cette facette de sa personnalité, sans que cela influe sur son attitude. Après tout, il ne ressemblait en rien à Darko, que ce soit physiquement ou psychologiquement. Et il n'avait jamais prétendu l'aimer.

Bizarrement, cette pensée ne lui apporta pas le soulagement escompté. Avec un petit haussement d'épaules, Alanna repoussa le drap et se précipita dans la salle de bains. Quelques minutes plus tard, enroulée dans un drap de bain moelleux, elle se dirigea vers la pièce qui lui servait de dressing et opta pour une tenue simple : un jean et un petit pull en maille. Ils n'avaient rien prévu de spécial aujourd'hui, aucune sortie, aucune visite. Après avoir rassemblé ses cheveux en queue-de-cheval, elle quitta la chambre et descendit dans la cuisine, pressée de prendre un café. Au rez-de-chaussée, elle fit un bref détour pour jeter un coup d'œil dans le bureau de Reece, mais la pièce était déserte. Sans doute le trouverait-elle sur la terrasse, c'était son endroit préféré quand il faisait beau.

Elle avait vu juste. En pénétrant dans le hall d'entrée, elle aperçut Reece derrière la baie vitrée, confortablement installé sur une chaise longue. Il était encore en peignoir et lisait le journal en sirotant une orange pressée, les yeux protégés par ses lunettes de soleil. Sur la tablette de la chaise reposaient un bol vide et plusieurs cahiers du journal.

L'espace d'un instant, Alanna caressa l'envie d'aller lui dire bonjour comme s'il ne s'était rien passé de spécial la nuit dernière. Hélas, elle avait épuisé son potentiel d'audace dans les heures qui avaient suivi leur retour à la maison.

A ce souvenir, un flot de sang afflua à son visage. Avait-elle vraiment prononcé les mots sulfureux dont elle se souvenait avant que Reece la porte dans leur chambre ?

Oh oui… Elle les avait dits… Avec une certaine délectation, qui plus est. Mais encore une fois, Darko et lui n'avaient aucun point commun… Dieu merci !

Comme s'il avait senti son regard posé sur lui, Reece se retourna brusquement. Levant son verre à sa santé, il lui fit signe de le rejoindre.

Elle prit une grande inspiration puis, d'un pas mesuré, elle descendit les quelques marches qui séparaient l'entrée du salon et traversa la pièce en direction de la terrasse.

— Tu as bien dormi ? demanda-t-il dès qu'elle l'eut rejoint.

— Comme un loir, merci. Et toi ?

Il la gratifia d'un sourire éblouissant avant d'enlever ses lunettes de soleil.

— Comme un bébé, plaisanta-t-il en posant ses lunettes sur la tablette de sa chaise. Viens t'asseoir près de moi.

— Je vais d'abord préparer du café. Tu en prendras un ?

— Je prendrai tout ce que tu prendras, répondit Reece en esquissant un autre de ses irrésistibles sourires.

Une vague de soulagement la submergea : de toute évidence, la nuit passée n'avait rien modifié dans leurs rapports.

— Alors ce sera une tasse de café pour commencer, lança-t-elle en lui rendant son sourire. Je prendrai mon petit déjeuner plus tard.

— Veux-tu que je t'emmène prendre un brunch quelque part ? On pourrait aller à Darling Harbour en ferry.

— Je croyais que tu avais pris ton petit déjeuner, se moqua-t-elle en pointant le menton en direction du bol vide.

— Un petit verre de jus de fruits et quelques cuillerées de muesli, rien de plus. Si tu veux la vérité, j'ai une faim de loup.

On se demande bien pourquoi, ajouta-t-il, les yeux brillants d'espièglerie.

C'était la première fois qu'il la taquinait au sujet de leurs ébats.

— C'est moi qui devrais être affamée, répliqua-t-elle sans réfléchir. Tu n'as pas fait grand-chose, si mes souvenirs sont bons.

Pris de court, Reece demeura bouche bée. Finalement, un sourire insolent étira ses lèvres.

— Quelle garce ! Il semblerait que ta mémoire soit très sélective, ce matin. Pour ma part, je me souviens parfaitement t'avoir entendue me supplier de continuer…

— Vous devez souffrir de problèmes d'audition, monsieur Diamond, le coupa Alanna, se piquant au jeu. Je ne vous ai certainement pas *supplié*. Pour votre gouverne, sachez que je ne suis pas du genre à supplier.

— Toutes les femmes devraient connaître au moins une fois dans leur vie le bonheur de supplier, affirma Reece de sa voix rauque et sensuelle. C'est une expérience tout à fait libératrice. Elles oublient ainsi d'être la femme que leur mère désirait qu'elles soient, pour devenir celle que souhaite leur mari.

Elle le considéra d'un air perplexe.

— Ah oui ? Et de quel genre de femme s'agit-il, je te prie ?

— De celle que tu étais cette nuit.

— Les hommes n'apprécient pas tous ce genre de femme, fit-elle observer, emportée par sa spontanéité.

— Ceux qui ne les apprécient pas sont des idiots.

— Tu… Mon… mon attitude ne t'a pas choqué, alors ? bredouilla-t-elle, en proie à une soudaine vulnérabilité.

Reece la considéra d'un air interdit.

— Pourquoi diable serais-je choqué ?

Il posa son verre et se leva en resserrant la ceinture de son peignoir.

— Allons préparer le café ensemble, j'ai très envie de savoir ce qui a bien pu te faire croire que je serais choqué. Et ne cherche pas à te dérober, ma chère, dit-il en la prenant par le bras pour l'entraîner à l'intérieur.

— Pour quelle raison me déroberais-je ?

En proie à un tumulte d'émotions, elle le suivit à contrecœur.

Alanna serait-elle capable de lui mentir ?

Oui, sans l'ombre d'une hésitation, décida Reece.

Pour une raison qui lui échappait encore, elle avait réussi à dissimuler sa véritable nature jusqu'à la nuit dernière. Pourquoi ? Et pourquoi avait-elle levé le voile précisément cette nuit-là ? Que s'était-il passé de particulier ?

La réponse à cette question jaillit dans son esprit au moment où il franchissait le seuil de la cuisine.

C'était lui qui s'était comporté différemment. D'abord lors de la réception, lorsqu'il s'était montré possessif, voire un brin macho à l'égard d'Alanna. Et puis, il y avait eu la scène du garage où son sang-froid coutumier avait été balayé par une frustration intense, presque douloureuse.

Bien qu'elle prétendît le contraire, Alanna semblait apprécier l'attitude un peu brutale, en tout cas moins policée, qu'il avait eue la veille à son égard. Il saurait s'en souvenir…

— Alors ? fit-il en s'installant sur un des tabourets qui flanquaient le plan de travail.

Feignant de l'ignorer, Alanna entreprit de préparer le café. Puis elle sortit deux tasses du placard.

— Alors quoi ? demanda-t-elle finalement en posant sur lui un regard candide.

Reece fit les gros yeux.

— Pourquoi craignais-tu que je sois choqué par ton attitude ?

Elle haussa les épaules.

— Parce que je n'étais pas comme ça d'habitude, c'est tout.

— Ça, c'est le moins qu'on puisse dire.

Elle le dévisagea avec attention et Reece crut déceler un soupçon d'appréhension dans ses beaux yeux verts.

— C'était formidable, Alanna, s'empressa-t-il d'ajouter. *Tu* as été formidable.

Elle esquissa une grimace embarrassée.

— Tu penses vraiment ce que tu dis ? murmura-t-elle d'une voix mal assurée.

La vulnérabilité qui se lut soudain sur son visage le bouleversa.

— Bien sûr, répondit-il avec ferveur. Je pense te l'avoir dit hier soir, chérie. Nous sommes mari et femme. Nous avons le droit de faire ce que bon nous semble si cela nous fait plaisir.

Alanna baissa les yeux, visiblement gênée. Décidément, il allait de surprise en surprise avec son épouse !

— Je t'en prie, reprit-elle au bout de quelques instants, parlons d'autre chose, d'accord ? Nous avons fait l'amour toute la nuit, je suggère que nous changions de sujet de conversation.

Pris de court, Reece ne sut que répondre. La femme qui l'avait transporté aux confins de l'extase, prenant des initiatives qui l'avaient laissé pantelant de plaisir, semblait bien loin en cet instant précis.

Comment réagir face à ce brusque revirement ? Devait-il refouler le désir qui, déjà, bouillonnait en lui, ou bien devait-il écouter ses instincts, comme la veille au soir ?

5.

Alanna emplit sa tasse de café noir. Seigneur, elle aurait mille fois préféré que Reece ne la suive pas dans la cuisine pour reparler de ce qui s'était passé la nuit dernière.

Son attitude plutôt glaciale semblait l'avoir déstabilisé — à juste titre, d'ailleurs. Elle l'avait rejoint sur la terrasse le cœur léger, d'humeur aguicheuse et voici qu'à présent, elle se rétractait dans un accès de pruderie. N'était-ce pas exaspérant que Darko, mort et enterré, continue à lui gâcher ainsi la vie ?

L'air se chargea d'électricité. Elle pouvait presque sentir sur sa nuque le regard perplexe de Reece. « Ma femme est bizarre », songeait-il sans doute en cet instant précis.

« Il n'a pas tort, je suis bizarre », pensa-t-elle en s'emparant de sa tasse pour se diriger vers l'évier. Bizarre, traumatisée, et sacrément méfiante !

Elle était en train de verser un peu d'eau froide dans sa tasse, regrettant de ne pouvoir effacer les quelques minutes qui venaient de s'écouler, lorsque les bras de son mari glissèrent autour de sa taille.

— Oh ! s'écria-t-elle en sursautant.

Quelques gouttes de café s'échappèrent de la tasse pour atterrir dans l'évier.

— Reece, qu'est-ce que tu fabriques, enfin ?

Quelle question idiote... Et complètement superflue car, déjà, les mains de Reece s'étaient faufilées sous son pull pour caresser sa poitrine dénudée.

— Fais comme si je n'étais pas là, mon amour, susurra-t-il en titillant ses tétons déjà durcis. Bois ton café, je t'en prie.

Comment diable aurait-elle pu feindre d'ignorer sa présence alors qu'un délicieux vertige lui faisait tourner la tête ? Un gémissement mourut sur ses lèvres lorsqu'il saisit fermement ses tétons entre le pouce et l'index.

Cédant à la vague de désir qui montait en elle, elle exhala un long soupir et laissa retomber sa tête contre l'épaule de son mari. Il abandonna alors ses tétons frémissants pour lui prendre sa tasse et la poser dans l'évier. Puis il la débarrassa de son pull qu'il jeta négligemment sur le banc de la cuisine.

— Non, objecta-t-il comme elle faisait mine de se retourner. Reste où tu es.

— Mais...

— Tais-toi, ma chérie, coupa-t-il en continuant à la déshabiller.

Il déboutonna son jean et fit glisser sa fermeture Eclair.

— Mais...

De sa main gauche, il la saisit par le menton et tourna son visage juste assez pour pouvoir capturer sa bouche dans un baiser torride. Quant à son autre main, elle traça des cercles brûlants sur son ventre avant de se glisser sous l'élastique de son string. Lorsqu'il délaissa ses lèvres, elle prit appui contre le corps puissant de son mari, grisée par les sensations exquises que lui procurait sa main droite.

Comme par enchantement, toutes les craintes et les angoisses qui l'avaient assaillie un moment plus tôt s'étaient volatilisées. A l'évidence, Reece aimait la séductrice provocante et sensuelle qu'elle s'efforçait tant bien que mal de dissimuler. A vrai dire, elle aussi s'aimait ainsi...

Comme il était bon de se sentir libérée du passé, enfin, et de pouvoir s'offrir sans retenue quand son mari lui faisait l'amour !

Ivre de plaisir et de volupté, elle frissonna violemment. Mais elle désirait davantage. Elle le voulait, lui, pas uniquement ses mains, si expertes soient-elles.

— Reece, articula-t-elle d'une voix sourde.

— Oui ?

— Reece, s'il te plaît… Arrête… Fais-moi l'amour. Je t'en prie…

— Serais-tu en train de me supplier ?

— Oui… oui, je t'en supplie.

— Ici ?

— Oui. Ici et maintenant.

Saisie d'une frénésie incontrôlable, elle termina de se déshabiller en toute hâte. Bientôt, elle fut entièrement nue, le visage empourpré, tremblant de tout son corps.

Lorsqu'elle voulut se retourner, il l'en empêcha et l'obligea à faire face à l'évier.

— Oh, Reece, soupira-t-elle, comme ses mains glissaient sur ses fesses avant de s'immiscer entre ses cuisses.

Electrisée par le désir, elle s'arc-bouta, tout entière tendue vers lui. Une longue plainte s'échappa de ses lèvres lorsqu'il la pénétra, plus fort, plus viril que jamais. Agrippé à ses hanches, il imprima à leur étreinte un rythme lent, infiniment sensuel.

Sa tête tournait. Son cœur battait à coups précipités. Elle voulut reprendre son souffle, en vain. Ses chairs les plus intimes se contractèrent autour de Reece, irradiées de plaisir.

— Oui, chérie… continue comme ça…

Elle cria sans retenue lorsque l'orgasme l'emporta et cria de nouveau en sentant Reece la rejoindre l'instant d'après.

C'était ainsi que tout le monde devrait faire l'amour, songeait-elle, l'esprit embrumé d'une délicieuse torpeur. Un homme et une femme fusionnant en même temps dans un élan irrésistible de passion et de spontanéité, libérés de toute inhibition.

Reece avait raison : ils étaient mariés, ils avaient parfaitement le droit de faire l'amour n'importe où, n'importe quand.

Les bras puissants de son époux l'aidèrent à se redresser et elle exhala un soupir de pure béatitude en se laissant aller contre lui, encore sous le coup du merveilleux voyage sensuel qu'ils venaient d'accomplir.

— Ne me cache plus jamais ta véritable nature, Alanna, murmura Reece en promenant ses doigts sur sa poitrine. Plus jamais, tu m'entends ? Tu n'as pas le droit de nier ce que tu es : une femme incroyablement sensuelle qui a besoin de plaisir pour être heureuse.

— Tu crois ? fit-elle, soudain timide.

— Tu le sais aussi bien que moi.

La sonnerie du téléphone brisa brusquement la tendre intimité qui les enveloppait.

— On ne répond pas, déclara-t-il d'un ton ferme.

Plusieurs sonneries se succédèrent.

— C'est peut-être important, argua-t-elle. Ta mère n'est pas au mieux de sa forme, depuis quelque temps. Tu devrais tout de même aller répondre.

— Tu as raison, marmonna-t-il en relâchant son étreinte.

Avec un soupir, il ferma les pans de son peignoir et noua la ceinture.

— En tout cas, j'espère que ce n'est pas une de tes amies qui aurait l'envie saugrenue de t'entraîner dans une expédition shopping.

Alanna ramassa ses vêtements et s'habilla à la hâte.

— Si c'est le cas, dis-lui que je ne me sens pas bien et que j'ai décidé de passer la journée au lit, lança-t-elle d'un ton lourd de sous-entendus.

Il la gratifia d'un sourire ravageur.

— D'accord, fit-il, avant d'aller décrocher le combiné mural. Reece Diamond à l'appareil.

Elle scruta le visage de son mari, guettant ses réactions.

— Oh, bonjour, Judy, reprit-il d'une voix enjouée.

En entendant le prénom de sa mère, Alanna leva les yeux au ciel.

— Qu'est-ce qui nous vaut le plaisir de votre appel, à cette heure de la journée ?

La mère d'Alanna avait l'habitude d'appeler en soirée, arguant que les communications étaient alors meilleur marché. La petite ville provinciale de Cessnock n'était pas très éloignée de Sydney, mais sa mère avait toujours été très économe.

— Vous êtes bien énigmatique, Judy, fit observer Reece. Oui, oui, bien sûr… Je comprends. Elle est avec moi, oui. Un instant, je vous la passe.

Couvrant le combiné du plat de la main, il se tourna vers Alanna.

— Ta mère, articula-t-il à mi-voix. Elle a une grande nouvelle à t'annoncer. Il paraît que ça ne peut pas attendre.

Elle sentit son estomac se nouer. La dernière fois que sa mère avait eu une nouvelle urgente à lui annoncer, c'était le jour où son père avait trouvé la mort dans une rixe qui avait éclaté devant son pub préféré, un vendredi soir. C'était il y a dix ans, peu de temps après le vingtième anniversaire d'Alanna.

— C'est une bonne ou une mauvaise nouvelle, à ton avis ? demanda-t-elle à Reece en s'emparant du combiné.

Ce dernier haussa les épaules.

— Elle a l'air plutôt gaie. Et en même temps presque timide.

Elle fronça les sourcils. Ces qualificatifs ne correspondaient pas du tout à sa mère !

— Allô, maman ? fit-elle avec une pointe d'inquiétude dans la voix.

— J'ai une grande nouvelle à t'annoncer, chérie ! Bob m'a demandée en mariage hier soir.

— C'est formidable, maman ! s'écria-t-elle, soulagée. Bob est un type adorable. Bob a demandé maman en mariage, ajouta-t-elle à l'adresse de Reece, qui la considérait d'un air interrogateur.

Le visage de son mari s'éclaira.

— Transmets-lui mes félicitations.

Même si elle se réjouissait de la nouvelle, Alanna ne pouvait s'empêcher d'être surprise par la décision de sa mère. Cela faisait déjà un moment que celle-ci fréquentait ce professeur de maths, mais elle ignorait que le mariage était à l'ordre du jour.

Elle était bien placée pour savoir combien il était difficile de se lancer une deuxième fois dans une aventure qui ne vous avait apporté que souffrance et désillusion par le passé. Son père avait été un mari épouvantable, un homme rustre et égoïste qui passait le plus clair de son temps au pub, entouré de ses compagnons de beuverie. Quand il rentrait ivre à la maison, il prenait un malin plaisir à maltraiter verbalement son épouse, la rabaissant plus bas que terre.

Ecœurée par le comportement de son père, Alanna avait quitté la maison à dix-huit ans, son baccalauréat en poche, pour s'installer à Sydney. Ce ne fut que beaucoup plus tard qu'elle avait compris pourquoi sa mère était restée si longtemps auprès d'un tel goujat. Sa propre expérience conjugale lui avait appris à ne jamais juger quelqu'un tant qu'on n'a pas vécu soi-même la même situation.

— Invite-la à venir passer quelques jours à Sydney avec Bob, lança Reece par-dessus son épaule tout en se dirigeant vers l'escalier. On les emmènera fêter ça dans un bon restaurant.

— C'est une excellente idée ! approuva la mère d'Alanna qui avait tout entendu. Quand pouvons-nous venir ?

— Il faut que je consulte mon agenda, maman. Tu connais Reece : il mène une vie sociale très active. Nous sommes invités à une soirée vendredi et nous avons un vernissage samedi soir.

— Mon Dieu, comment arrives-tu à tenir la cadence ?

Alanna rit de bon cœur.

— Oh, ce n'est pas le bagne, non plus ! Moi qui ai toujours détesté l'inactivité, je suis comblée.

— Je suis heureuse pour toi, ma chérie. Pour être franche, j'avais un peu peur que votre mariage tourne court lorsque tu m'as annoncé que tu épousais un homme que tu n'aimais pas au sens romantique du terme. Et qui ne t'aimait pas non plus. Avoue que c'est une idée quelque peu… originale. Mais j'ai su que tu étais entre de bonnes mains dès l'instant où j'ai rencontré Reece.

« Entre de très bonnes mains », songea Alanna avec humour.

— Merci, maman. Ecoute, je te rappellerai dans la soirée, d'accord ? On pourra discuter plus longuement des préparatifs de votre mariage.

— Avec plaisir, chérie. Et tu me raconteras le mariage de vos amis.

— D'accord, maman. Je t'appelle vers 19 heures. Bon après-midi.

Après avoir raccroché, Alanna se dirigea vers le cabinet de toilette le plus proche. Quand tomberait-elle enfin enceinte ? se demanda-t-elle en se lavant les mains. Elle n'y avait pas songé un seul instant cette fois, ce qui n'était peut-être pas plus mal. Certains spécialistes prétendaient que le stress et l'angoisse figuraient parmi les causes principales de stérilité. Souvent, les couples ne souffraient d'aucun trouble physiologique ; leur incapacité à concevoir s'avérait en réalité d'ordre psychologique.

Après s'être rafraîchie, Alanna partit à la recherche de Reece. Elle le trouva dans la salle de bains attenante à leur chambre à coucher. Vêtu d'un jean et d'un polo bleu qui se mariait à merveille avec la couleur de ses yeux, chaussé de tennis, il était en train de passer un peigne dans son épaisse chevelure.

— Dis donc, vous avez été exceptionnellement brèves, ta mère et toi, fit-il d'un ton taquin lorsque leurs regards se croisèrent dans le miroir.

— J'ai promis de la rappeler ce soir.

— Très bien. Tu es prête ? Je t'emmène déjeuner.

— Je... Je croyais qu'on allait passer la journée au lit, rétorqua-elle en s'efforçant de ne pas rougir.

— C'est une proposition très tentante, chérie, mais je crains de ne pas survivre à un tel programme. Allons plutôt manger un morceau en ville, d'accord ?

— En ville ? Pourquoi pas à Darling Harbour ? On pourrait prendre le ferry comme tu l'avais suggéré tout à l'heure.

— Oui, mais on trouvera davantage de magasins en ville. J'avais envie d'acheter un cadeau pour les fiançailles de ta mère avec Bob.

A ces mots, les yeux d'Alanna s'illuminèrent. Elle adorait faire du shopping avec Reece qui, contrairement à la plupart des hommes, se montrait toujours d'une patience et d'une générosité extraordinaires.

— On pourrait aussi trouver quelque chose pour ta mère, par la même occasion, renchérit-elle. Ça lui remonterait un peu le moral.

— Très bonne idée. Dans ce cas, ne perdons pas de temps, continua-t-il en jetant un coup d'œil à sa montre. Attrape une veste et allons-y.

Alanna leva les yeux au ciel.

— Il est hors de question que je sorte sans me coiffer et mettre un peu de rouge à lèvres. Accorde-moi dix minutes, d'accord ?

— Dix minutes, pas une seconde de plus, madame Diamond.

Douze minutes plus tard, la Mercedes rouge filait en direction du centre-ville. Ils bavardaient joyeusement, d'humeur légère.

Comme ils approchaient du premier croisement, juste en bas de leur rue, le feu rouge passa au vert. Un camion, garé en stationnement interdit à l'angle du carrefour, empêcha Reece de voir la petite voiture verte qui arrivait à vive allure, sans paraître remarquer que le feu, de son côté, était rouge.

Du coin de l'œil, il aperçut une tache verte du côté d'Alanna. Il hurla « attention ! », et il braqua brusquement à droite pour tenter d'éviter l'accident. Mais l'autre voiture percuta l'arrière de la Mercedes, qui fut précipitée sur l'autre voie.

Tout à coup, comme surgie de nulle part, une grosse voiture noire fonça sur eux. Les freins crissèrent, Alanna hurla. Les bras de Reece se raidirent sur le volant lorsque les deux véhicules se percutèrent dans un fracas métallique. Instantanément, les airbags se déployèrent.

Un silence pesant s'abattit dans l'habitacle. En proie à une angoisse indicible, Reece se tourna vers son épouse. Une plainte désespérée s'échappa de ses lèvres.

Inanimée, Alanna reposait contre le siège, la tête ballante, le teint cireux.

6.

Pendant quelques minutes, terriblement éprouvantes, Reece crut qu'Alanna était morte. Puis elle bougea légèrement la tête, tandis qu'un gémissement à peine audible franchissait ses lèvres entrouvertes.

Saisissant son téléphone portable, il composa fébrilement le numéro des urgences. Lorsqu'il raccrocha après avoir expliqué la situation d'une voix entrecoupée, des passants commençaient à s'approcher des véhicules accidentés. L'un d'eux ouvrit la portière de la Mercedes et lui demanda s'il se sentait bien.

— Je n'ai rien, merci. Mais ma femme est blessée.

— Evitez de la toucher, conseilla un autre badaud comme Reece se penchait vers Alanna, en proie à une angoisse grandissante. Attendez l'arrivée des secours.

Reece se figea. Jetant un coup d'œil par-dessus son épaule, il croisa le regard compatissant d'un homme aux cheveux grisonnants.

— Mais je…

— Soyez patient, ils ne vont pas tarder à arriver.

Il se laissa aller contre le dossier de son siège, terrassé par un terrible sentiment d'impuissance.

« Seigneur, je vous en supplie, faites qu'elle n'ait rien. »

Sous le choc, il continua à prier jusqu'à l'arrivée de l'ambulance, concluant d'invraisemblables marchés avec Dieu, promettant mille et une choses en échange de la vie d'Alanna.

Lorsque les secouristes lui annoncèrent, quelques minutes plus tard, qu'Alanna était dans un état stable et qu'elle ne souffrait d'aucune paralysie, il rcfoula à grand-peine les sanglots qui lui brûlaient la gorge. Pour se donner une contenance, il leur proposa son aide, alors qu'ils s'apprêtaient à sortir Alanna de la voiture accidentée.

Côté passager, la portière était tellement enfoncée qu'il fallut la faire passer de l'autre côté. Puis, avec délicatesse, on l'allongea sur un brancard et un médecin la poussa en direction de l'ambulance qui attendait quelques mètres plus loin. Après avoir récupéré le sac à main d'Alanna, Reece la rejoignit à l'arrière.

Entre-temps, des dépanneuses et une voiture de police étaient arrivées sur les lieux de l'accident. Deux agents commencèrent à interroger les témoins de la scène ainsi que les conducteurs des deux autres véhicules impliqués dans la collision. L'un des policiers informa gentiment Reece qu'étant donné les circonstances, il serait interrogé plus tard.

Dès leur arrivée à l'hôpital, Alanna subit toute une série d'examens et de radios afin que les médecins puissent affiner leur diagnostic. Reece refusa d'être examiné, arguant qu'il se sentait tout à fait bien, malgré un mal de tête lancinant et une douleur diffuse dans le coude droit. Il était hors de question qu'il s'éloigne de sa femme, fût-ce pour quelques instants.

Le médecin de garde des urgences ne l'entendait cependant pas de cette oreille. Il l'informa qu'Alanna avait besoin d'être seule pour le moment et qu'on le préviendrait dès que le diagnostic serait établi. D'un ton à la fois compatissant et ferme, le médecin lui conseilla de se calmer et de prendre son mal en patience.

— Me calmer, me calmer… Comment veut-il que je me calme…, bougonna Reece en faisant les cent pas dans la salle d'attente.

Il s'efforça cependant de maîtriser ses émotions, et alla se servir un café. Il revint s'asseoir dans la petite pièce éclairée par une lumière blafarde.

L'heure et demie qui s'écoula avant que le médecin ne refasse son apparition fut un véritable supplice. Au fil des minutes, son angoisse grandissait. Lorsque enfin l'interne fit irruption dans la salle d'attente, l'expression de son visage l'effraya.

— Que se passe-t-il ? demanda-t-il en se levant d'un bond. Il y a un problème ?

Le médecin secoua la tête.

— Non… non, rassurez-vous. Votre femme a repris connaissance. Elle a dû se cogner violemment lors du choc. Vous verrez, elle a une grosse bosse juste au-dessus de la tempe gauche.

— Il y a autre chose, n'est-ce pas ?

Le visage du médecin se rembrunit.

— C'est-à-dire que… Monsieur Diamond, votre femme est devenue hystérique quand je lui ai dit que vous alliez venir la voir. Elle prétend que vous avez essayé de la tuer en voiture.

Reece en eut le souffle coupé.

— Comment ? Mais c'est complètement ridicule, enfin ! Pourquoi diable raconterait-elle ce genre d'idioties ? Il faut que je la voie, je vous en prie.

— Je suis navré, monsieur Diamond, mais je ne vous accorderai pas l'autorisation de la voir tant que je n'aurai pas parlé à la police.

— Jamais de ma vie je ne ferai de mal à Alanna, voyons ! C'est tout simplement incroyable ! s'écria Reece, partagé entre l'indignation et la perplexité. Elle le sait bien, enfin ! Ecoutez, manifestement, quelque chose ne tourne pas rond. C'est peut-être le choc qu'elle a reçu à la tête…

— Elle se montre pourtant tout à fait cohérente dans ses explications, monsieur Diamond. Quelle que soit la vérité, elle semble sincèrement convaincue que vous avez essayé de la tuer. Elle et le bébé qu'elle porte.

Reece écarquilla les yeux.

— Alanna n'est pas enceinte.

— Elle prétend l'être de quelques semaines.

— Je vous répète qu'Alanna n'est pas enceinte, insista-t-il d'un ton catégorique. Vous n'avez qu'à lui faire une prise de sang, vous verrez bien.

Le médecin le considéra avec attention, cherchant visiblement à démêler le vrai du faux. Au prix d'un effort, Reece conserva son calme. C'était sans doute le seul moyen de mettre un terme à ce cauchemar.

— Parfait, reprit enfin le médecin. Je vais procéder à un test de grossesse. Suivez-moi, vous resterez dans mon bureau en attendant les résultats.

— D'accord.

Cette nouvelle attente lui parut encore plus longue que la précédente. Pour tromper son inquiétude, il songea aux engagements qu'il avait pris pour qu'Alanna ait la vie sauve. Il s'était promis de passer plus de temps auprès de sa mère souffrante, d'être plus patient avec ses deux idiots de frères cadets et de faire davantage de dons aux plus démunis, à l'instar de Mike qui dépensait une bonne partie de ses gains dans la création de camps d'été et dans l'achat d'ordinateurs pour les gamins défavorisés.

Au début de sa carrière fulgurante, Reece avait souhaité gagner de l'argent pour aider sa mère et sa famille. Mais en chemin, sans qu'il sache vraiment à quel moment c'était arrivé, ses aspirations étaient devenues plus égoïstes. Peu à peu, il avait voulu amasser de l'argent pour lui tout seul. Beaucoup, beaucoup d'argent.

Certes, c'était agréable de n'avoir aucun souci matériel, à quoi bon le nier ? Mais tout à coup, il se rendait compte que l'argent n'avait aucune valeur comparé à la seule chose qui comptait vraiment dans sa vie : Alanna. Sa femme.

— Bon sang, mais qu'est-ce qu'il fiche, ce docteur ? maugréa-t-il en arpentant le bureau d'un pas fébrile.

Quelques minutes plus tard, la porte s'ouvrit.

— Alors ? fit-il aussitôt en rencontrant le regard décontenancé du jeune médecin.

— Vous aviez raison. Votre femme n'est pas enceinte. Bien sûr, je ne lui ai rien dit par crainte de la déstabiliser encore plus. Je lui ai administré un sédatif et j'ai demandé au psychiatre de garde de venir la voir. Il s'agit du Dr Beckham, il devrait arriver bientôt. En attendant, je vous conseille de rentrer chez vous pour vous reposer un peu, monsieur Diamond. Vous ne pouvez rien faire de plus pour le moment.

— J'aimerais voir ma femme, même un instant, protesta Reece d'un ton implorant. Du pas de la porte. Ou à travers la vitre. Un seul coup d'œil, je vous en prie. Vous n'avez qu'à rester près de moi.

Le médecin hésita un court hésitant.

— Bon, c'est d'accord, capitula-t-il.

Un étrange sentiment d'irréalité étreignit Reece comme il suivait le médecin le long du couloir carrelé. Alanna était en vie, c'était déjà une bonne chose. Mais qu'en était-il de sa santé mentale ? Le médecin s'immobilisa devant une grande vitre d'observation.

— La voilà, déclara-t-il en indiquant le lit, de l'autre côté de la vitre.

Reece se figea, les yeux rivés sur la tête blonde d'Alanna, couchée dans un lit d'une blancheur immaculée. Mentalement, il tenta de communiquer avec sa femme, espérant de toutes ses forces qu'elle allait tourner les yeux vers lui.

Son cœur tressaillit lorsqu'elle tourna la tête et rencontra son regard.

Dieu merci, il ne lut aucune angoisse dans ses yeux légèrement voilés, pas le moindre soupçon de peur. Elle le considéra un long moment sans ciller. Son visage était indéchiffrable. L'espace d'un instant, une étincelle de curiosité brilla dans son regard mais rien d'autre. Rien du tout.

— Elle ne me reconnaît pas, murmura-t-il, abasourdi, à l'intention du médecin. Vous avez vu ? Elle ne me reconnaît pas !

Ce dernier fronça les sourcils.

— Il semblerait que vous ayez raison. Dites-moi, monsieur Diamond, votre femme a-t-elle été mariée avant de vous rencontrer ?

— Oui. Pourquoi ?

— Je me demandais si… Attendez-moi un instant, je reviens tout de suite.

Sans lui laisser le temps de réagir, le jeune docteur pénétra dans la chambre et échangea quelques mots avec Alanna. Puis il rejoignit Reece en secouant la tête, visiblement perplexe.

— C'est la première fois que je rencontre un tel cas, déclara-t-il en entraînant Reece à l'écart. J'ai demandé à votre épouse le nom de son mari afin de pouvoir fournir quelques éléments à la police. A propos, elle vous prend pour un inspecteur. Bref, elle m'a répondu que son mari s'appelait Darko. Darko Malinowski. C'est le nom de son premier mari ?

— Je ne sais pas, avoua piteusement Reece. Je ne sais rien de son premier mariage.

— Je vois. Je vais être obligé d'appeler un neurologue, en plus du psychiatre. Le choc que votre épouse a reçu à la tête a provoqué des lésions internes, sans doute superficielles. Toujours est-il qu'elle souffre d'amnésie partielle.

— Elle ne se souvient pas de moi, répéta Reece, partagé entre la stupeur et une certaine forme de soulagement.

Au moins, elle ne pensait pas qu'il avait essayé de la tuer... Mais son premier mari avait-il essayé, lui, d'attenter à ses jours ? Ce mystérieux Darko... Il avait toujours cru qu'Alanna l'avait aimé passionnément. Et si la vérité était tout autre ?

Un souvenir lui revint soudain.

— Son premier mari est mort dans un accident de voiture, déclara-t-il à l'adresse du médecin.

Ce dernier se frotta le menton d'un air pensif.

— Ah... ça pourrait expliquer certaines choses. Etait-elle avec lui au moment de l'accident ?

Reece esquissa une grimace.

— Je ne sais pas.

Par une sorte d'accord tacite, Alanna et lui s'étaient mariés sans s'étendre sur leurs passés respectifs. Sans doute parce que ce genre de confessions intimes, ce besoin de tout savoir sur l'autre étaient réservés aux couples amoureux. En toute honnêteté, Reece n'avait pas éprouvé la moindre envie de la questionner sur sa vie avant leur rencontre. Elle lui plaisait, il la désirait, tous deux s'entendaient bien et ils souhaitaient fonder une famille. Ç'avait été largement suffisant, à leurs yeux, pour se lancer dans l'aventure conjugale.

Mais les règles du jeu avaient maintenant changé. Croisant le regard intrigué du médecin, il haussa légèrement les épaules.

— Il semblerait que ma femme m'ait fait quelques cachotteries, murmura-t-il avec un sourire contraint.

Lui-même s'était bien gardé de raconter à Alanna sa rupture avec Kristine. Les paroles cinglantes, les mimiques dédaigneuses de cette dernière avaient été autant de coups de poignard. Combien de fois avait-il revécu leur dernière journée ensemble, en proie à un profond désespoir ? Bien sûr, il avait également caché à Alanna qu'il l'avait épousée par esprit de vengeance — au départ, en tout cas. Oui, aux premiers jours de leur mariage, il l'avait exhibée à la face du monde… et pour atteindre Kristine. Sans aucun égard, il le réalisait maintenant, pour la jeune femme sensible qui se cachait sous ses airs de séductrice raffinée et sûre d'elle.

Mais petit à petit, Alanna avait su le conquérir. Elle avait même, sans le savoir, accompli l'exploit de chasser Kristine de son esprit.

Et voilà qu'à présent… elle ne le reconnaissait pas !

Cette pensée lui déchira le cœur. Qu'adviendrait-il si elle ne retrouvait pas la mémoire ?

— Pour l'amour du ciel, dites-moi que ça ne durera pas, reprit-il en jetant un œil désespéré au médecin.

— J'aimerais pouvoir vous rassurer, commença prudemment ce dernier. Selon de récentes études, les personnes devenues amnésiques à la suite d'un traumatisme retrouvent généralement la mémoire, à plus ou moins long terme. Pour être franc, je n'ai pas beaucoup d'expérience en la matière et je préfère vous adresser au Dr Jenkins, le chef de notre service neurologie. Il vous donnera davantage d'explications après s'être entretenu avec votre épouse. Si vous voulez bien m'excuser, monsieur Diamond, je dois retourner aux urgences. Rentrez chez vous. Le Dr Jenkins vous appellera dès qu'il sera là. Je crois me souvenir qu'il est parti en week-end.

Reece secoua la tête.

— Il est hors de question que je rentre chez moi. Ecoutez, puisque Alanna me prend pour un policier, pourquoi ne pourrais-je pas m'asseoir à son chevet ? Elle doit avoir une peur bleue si elle croit que son mari a voulu la tuer. Je pourrais toujours prétendre que je suis là pour assurer sa protection. Je vous promets de ne rien dire qui pourrait la contrarier.

Le médecin réfléchit quelques instants… Une éternité pour Reece, tenaillé par une frustration grandissante.

— Bon, c'est d'accord. Mais je demanderai aux infirmières de passer régulièrement. L'état psychologique de votre épouse est très fragile, monsieur Diamond. Vous sortirez sans objection si elle manifeste le moindre signe de nervosité. Est-ce bien entendu ?

Reece hocha la tête, conscient de la gravité de la situation.

— C'est parfaitement clair.

7.

Alanna luttait contre la torpeur qui menaçait de l'engloutir. Ses paupières étaient de plus en plus lourdes, ses pensées s'embrouillaient. Le médecin avait dû lui donner un somnifère.

Mais elle avait trop peur pour s'endormir. Darko devait traîner dans les parages, pressé de finir sa sale besogne.

Les yeux rivés sur la porte close, elle luttait de toutes ses forces pour rester éveillée. S'il entrait, elle hurlerait de toutes ses forces. Sa voix était sa seule arme... Mais elle ne devait pas dormir pour pouvoir s'en servir.

Le médecin avait bien tenté de la rassurer. Elle ne risquait rien à l'hôpital, lui avait-il assuré. Mais il ne connaissait pas Darko. Rusé et tenace, elle savait qu'il était capable de convaincre tout le monde qu'elle avait perdu la raison, et qu'il n'avait rien tenté contre elle. Puis il la tuerait. D'une manière ou d'une autre. Elle et son bébé.

Son cœur faillit cesser de battre lorsque la poignée de la porte tourna lentement. Elle ouvrit la bouche, prête à crier... mais la referma aussitôt, soulagée de voir une infirmière suivie du policier blond qu'elle avait aperçu tout à l'heure en compagnie du médecin.

Encore sous le coup de la peur, elle laissa échapper un petit sanglot. L'infirmière se précipita à son chevet, douce et prévenante.

— Ce monsieur va rester auprès de vous, expliqua-t-elle d'un ton apaisant. Vous n'êtes pas obligée de parler, madame Diamond, fermez les yeux et reposez-vous.

Alanna leva sur elle un regard interrogateur.

— Comment m'avez-vous appelée ?

L'infirmière esquissa une moue confuse.

— Oh, mon Dieu, j'ai complètement oublié, murmura-t-elle en jetant un coup d'œil désolé en direction du séduisant inspecteur.

— Ce n'est rien, fit ce dernier. Ne vous inquiétez pas, je m'occupe de tout.

— Vous êtes sûr que ça va aller ?

— Sûr et certain.

Reece raccompagna l'infirmière à la porte. Sa décision était prise : étant donné l'état d'angoisse dans lequel se trouvait Alanna, il valait mieux lui dire la vérité. Lui expliquer avec diplomatie qu'elle avait perdu une partie de sa mémoire et que l'ex-mari qu'elle craignait tant était mort. A défaut de régler tous les problèmes liés à son amnésie partielle, cela apaiserait au moins la terreur qu'il avait lue dans ses yeux quand ils avaient ouvert la porte.

Oui, contrairement à ce que pensait l'interne, la vérité lui apporterait un sentiment d'apaisement, Reece n'en doutait pas un instant.

Après avoir fermé la porte de la chambre, il prit une chaise et alla s'asseoir au chevet d'Alanna. Comme elle était pâle ! La peur assombrissait ses grands yeux verts et elle semblait extrêmement fragile.

Le doute l'assaillit. Etait-elle prête à entendre la vérité ? D'un autre côté, la laisser dans l'ignorance eût été encore plus cruel.

— Comment vous sentez-vous ? demanda-t-il à voix basse, choisissant de la vouvoyer pour ne pas la surprendre.

Malgré sa pâleur et ses cheveux en bataille, elle était bouleversante de beauté.

— Je suis très fatiguée. Dites-moi, que se passe-t-il exactement ? Qu'est-ce que l'infirmière a oublié, tout à l'heure ?

Reece inspira profondément.

— D'abord, permettez-moi de vous rassurer, commença-t-il avec douceur. Vous êtes hors de danger. Votre mari ne peut plus rien contre vous.

— Il… il est en prison ? demanda-t-elle d'une voix tremblante en posant sur lui un regard tourmenté.

Il serra les poings, ivre de rage contre cet homme qui avait tant fait souffrir sa femme.

— Disons qu'il ne peut plus vous importuner.

Alanna secoua la tête, les yeux brillants de larmes.

— Vous dites ça parce que vous ne le connaissez pas. Darko est très intelligent. Il me retrouvera tôt ou tard.

— C'est impossible, Alanna, fit-il en remarquant son air surpris lorsqu'il prononça son prénom. Darko est mort.

— Mort…, articula-t-elle d'une voix à peine audible. Darko est mort…

Elle enfouit son visage entre ses mains et éclata en sanglots.

— Il ne mérite pas que vous pleuriez pour lui, déclara-t-il, surpris par sa réaction.

— Ce n'est pas pour lui que je pleure, protesta-t-elle entre deux sanglots. Ce sont des larmes de soulagement, vous comprenez. Je suis enfin en sécurité.

Elle joignit les mains sous son menton, comme pour prier.

— Et mon bébé aussi. En sautant de la voiture, je savais que je prenais un énorme risque. Il conduisait comme un fou. Il m'a dit qu'il allait foncer dans un poteau pour nous tuer tous les trois. Il s'était mis dans la tête qu'il n'était pas le père… Oh, je me fichais bien de mourir mais je ne voulais pas qu'il tue mon bébé.

Le sang de Reece se glaça dans ses veines. Seigneur, il avait oublié le bébé… Comment réagirait-elle en apprenant qu'il était mort ? Car c'était ce qui avait dû se passer…

Il comprenait mieux le désir d'enfant de sa femme. L'aura de mystère qui entourait celle-ci commençait enfin à se dissiper. Il lui manquait encore quelques pièces du puzzle, mais elles se mettaient en place peu à peu.

En proie à une grande confusion, il regarda Alanna sécher bravement ses larmes. L'ombre d'un sourire se posa sur ses lèvres tremblantes.

— Le médecin m'a dit que je n'avais rien de cassé, j'ai juste une grosse bosse au-dessus de la tempe. J'ai eu une chance inouïe, n'est-ce pas ? Quand je…

Elle se tut brusquement et le considéra d'un air interrogateur.

— Qu'y a-t-il ? demanda-t-elle à mi-voix, comme si elle avait perçu son embarras. Est-ce que vous me cachez quelque chose ?

Reece ne savait que répondre. Pourquoi n'avait-il pas écouté les conseils du jeune médecin ? Il aurait dû se taire et attendre. Car à présent, il avait la désagréable impression d'être dans une impasse.

Alanna le détailla longuement avant de reprendre la parole.

— Vous n'êtes pas de la police, n'est-ce pas ?

— Non, avoua-t-il d'un air penaud.

— Mais alors, qui êtes-vous ?

— Je m'appelle Reece. Reece Diamond.

— Diamond…, répéta-t-elle en fronçant les sourcils. Mais… c'est le nom qu'a utilisé l'infirmière pour s'adresser à moi !

— C'est exact. Vous êtes Mme Diamond.

— Ça n'a aucun sens, voyons ! Je m'appelle Alanna Malinowski !

— Tu *t'appelais* ainsi, en effet, Alanna. Mais plus maintenant.

Elle le fixait d'un air hébété.

— Je… je ne comprends pas.

— Tu as été victime d'un accident de voiture ce matin, c'est vrai. Mais ce n'est pas de cet accident-là que tu te souviens. Cette fois-ci, tu n'as pas sauté en route. C'est une voiture qui nous a percutés.

— *Nous ?* Vous voulez dire… vous et moi ?

— Oui.

— C'est complètement fou. Je ne suis jamais montée en voiture avec vous, je ne vous connais même pas !

A ces mots, une vive douleur transperça le cœur de Reece.

— C'est l'impression que tu as en ce moment, mais tu me connais bien, Alanna, et tout va se remettre en place, ajouta-t-il en espérant de tout son cœur que l'avenir lui donnerait raison. Tu souffres d'amnésie partielle. Le choc que tu as reçu à la tête semble avoir effacé quelques années de ta vie.

Les yeux de la jeune femme s'arrondirent de stupeur.

— Je devine ce que tu ressens, Alanna. Il fallait que je te dise la vérité, au moins pour que tu cesses d'avoir peur. Quel âge as-tu, à ton avis ?

— J'ai vingt-cinq ans, répondit-elle du tac au tac avant de prendre un air dubitatif. C'est bien ça ?

— Non, Alanna. Tu as trente ans. Et tu n'es plus Mme Darko Malinowski. Ton premier mari est mort dans un accident de voiture il y a cinq ans.

— Mon premier mari ?

— Oui. Tu m'as épousé l'an dernier. Tu t'appelles à présent Mme Diamond. Et je suis Reece Diamond, ton mari.

Alanna cligna des yeux avant de poser sur lui un regard empli de stupeur et d'angoisse mêlées. A l'évidence, son visage ne lui disait absolument rien.

Une pensée terrible traversa l'esprit de Reece. Et si la mémoire ne lui revenait jamais ? Comment réagirait-il si elle demandait le divorce ?

— Non, murmura-t-elle d'une voix tremblante. C'est impossible... Si Darko est vraiment mort, comme vous le prétendez... je ne me serais pas remariée. Jamais de la vie !

La détermination amère de ses propos en disait long sur l'enfer qu'elle avait dû vivre.

— Vraiment, reprit-elle, c'est impossible. Je n'aurais pas...

Elle se tut brusquement, comme frappée par la foudre.

— Mon bébé ! s'écria-t-elle soudain d'une voix étranglée. Qu'est-il devenu ?

Reece étouffa un grognement. Il n'avait pas songé à ça un seul instant. Mis au pied du mur, il inspira avant de se jeter à l'eau.

— Je ne sais pas vraiment, Alanna. Tu ne m'avais jamais parlé de ce bébé. Nous vérifierons dans ton dossier médical, à moins que la mémoire te revienne d'ici là... Mais je crains fort que tu ne l'aies perdu en sautant de voiture.

Le cri qui s'échappa de ses lèvres ressemblait à une plainte d'animal blessé. Ce fut comme si la douleur qui la submergeait emplissait toute la pièce. Le cœur serré, Reece se pencha vers elle pour la prendre dans ses bras, mais elle s'écarta vivement et, roulant sur le côté, se recroquevilla en position fœtale.

— Non... non... non, sanglotait-elle d'une voix brisée.

L'infirmière fit irruption dans la pièce. Foudroyant Reece du regard, elle se précipita au chevet de sa malade.

— Vous aviez promis de ne rien dire qui puisse la bouleverser, lança-t-elle d'un ton réprobateur. Sortez de cette chambre, je vous prie.

— Je suis son mari et je n'ai aucune intention de partir !

— Vous allez pourtant quitter cette pièce, que vous le vouliez ou non, déclara une voix masculine, posée et catégorique.

Reece se tourna. Agé d'environ trente-cinq ans, l'homme qui venait d'entrer avait un visage lisse, encadré de cheveux bruns un peu longs. Il avait un regard très bleu, pénétrant, et portait un jean délavé, une chemise et un blouson de cuir.

— Je suis le Dr Beckham, reprit-il. Le psychiatre de garde. Mademoiselle, restez auprès de votre patiente, ordonna-t-il à l'infirmière avant de pointer un index autoritaire sur Reece. Quant à vous, cher monsieur, veuillez me suivre, je vous prie.

Reece s'exécuta à contrecœur. A peine dans le couloir, il fit face au médecin et, poings plantés sur les hanches, donna libre cours à son exaspération.

— Je commence à en avoir plus qu'assez des médecins qui essaient de m'éloigner de ma femme. Ecoutez-moi bien : je ne rentrerai pas chez moi, je resterai auprès d'elle, que cela vous plaise ou non ! J'espère que c'est assez clair !

Un sourire empreint d'amusement étira les lèvres du psychiatre.

— C'est plutôt rassurant de rencontrer un mari qui se préoccupe à ce point du sort de son épouse. Vous retournerez à son chevet dès que vous aurez répondu à mes questions. En attendant, essayez de vous détendre un peu. Le Dr Masur a administré un sédatif à votre femme, elle ne devrait pas tarder à sombrer dans un sommeil réparateur. Maintenant, suivez-moi, j'ai quelques questions à vous poser.

8.

Alanna mit du temps à émerger des limbes du sommeil. Ses paupières papillonnèrent quelques instants avant de s'ouvrir complètement. Pendant une fraction de seconde, elle se demanda où elle se trouvait et pourquoi.

— Tu as eu un accident de voiture et tu as perdu la mémoire, murmura-t-elle d'une voix mal assurée en palpant délicatement la bosse nichée à la racine de ses cheveux.

Ce geste lui arracha une grimace de douleur. La bosse semblait énorme. Pourtant, elle n'avait pas mal à la tête.

— Darko est mort, reprit-elle en secouant la tête, partagée entre le soulagement et l'incrédulité.

Hélas, son bébé était mort lui aussi. Son cher, son précieux bébé…

A en croire son entourage, cinq ans s'étaient écoulés depuis le drame. Mais pour elle, cela venait de se produire et la douleur qui lui étreignait le cœur était vive et persistante, presque insupportable. Un nouveau flot de larmes embua son regard. Tout à coup, elle aperçut du coin de l'œil deux longues jambes vêtues d'un jean.

— Oh ! s'écria-t-elle en tournant la tête vers le fauteuil.

Dieu merci, l'homme assis à son chevet dormait à poings fermés et elle eut le temps de ravaler ses sanglots. Les battements précipités de son cœur, en revanche, demeurèrent incontrôlables.

Reece Diamond... Ainsi s'appelait son mari. Son deuxième mari.

« Impossible ! cria une petite voix intérieure. Tout simplement inimaginable ! »

Et pourtant... Pourquoi lui aurait-il menti ? Pourquoi serait-il resté à son chevet si ce n'était pas la vérité ?

Alanna le contempla avec attention. C'était un très bel homme, avec des traits à la fois fins et volontaires qu'on voyait souvent chez les acteurs de cinéma ou les mannequins. Blond cendré, ses cheveux encadraient son visage en vagues souples et une mèche rebelle retombait nonchalamment sur son front. Elle se rappelait que ses yeux étaient d'un bleu limpide, presque transparent. Pour parfaire le tout, il possédait une silhouette d'athlète, puissante et déliée, avec de larges épaules et de longues jambes.

Objectivement, il avait tout pour plaire aux femmes, souvent sensibles à ce subtil mélange de beauté classique et de sex-appeal viril.

Mais elle n'était pas comme les autres femmes. Après sa malheureuse expérience avec Darko, jamais elle ne serait tombée dans le piège de l'amour. Et jamais — au grand jamais — elle ne se remarierait.

A moins que...

Son cœur se serra douloureusement. Quelle était la clé de ce mystère ? S'était-elle finalement remariée dans le seul but d'avoir un enfant ?

Non, elle n'aurait pas pris ce risque. Si elle avait tant voulu un enfant, elle aurait trouvé une autre solution... L'insémination artificielle, par exemple.

Troublée par les mille pensées qui tourbillonnaient dans sa tête, Alanna fronça les sourcils, s'efforçant d'imaginer ce qui avait bien pu se passer au cours des cinq années qu'elle semblait avoir rayées de sa mémoire.

C'était long, cinq ans. Qui sait quel genre de femme elle était devenue pendant tout ce temps ?

Elle tenta de s'imaginer mariée à l'homme qui dormait dans le fauteuil. Bien qu'il fût très attirant, elle n'arrivait pas à concevoir qu'ils aient pu faire l'amour ensemble. Non, cette simple idée la hérissait. Et pourtant, s'ils étaient mari et femme…

Prenait-elle du plaisir dans ses bras ? Son estomac se noua. Il fut un temps où elle savourait pleinement les plaisirs de la chair. Mais Darko avait durement réprimé sa nature sensuelle.

Etait-il possible qu'elle ait repris goût à l'amour physique grâce à cet homme ? songea-t-elle en détaillant à loisir son nouveau mari.

Peut-être, après tout, s'était-elle mariée par amour ?

Non, cette éventualité était tout bonnement inconcevable.

Darko avait conquis son cœur grâce à l'amour dont il l'avait abreuvée, un amour passionné, sans limites. Mais cet amour s'était vite avéré destructeur… Indifférente aux premiers signes qui auraient dû l'alerter, elle avait longtemps pris ses multiples attentions, ses gestes protecteurs, ses cadeaux démesurés pour de l'amour romantique, à la fois pur et désintéressé.

Ainsi, son désir d'attendre leur nuit de noces pour faire l'amour l'avait enchantée. Comment aurait-elle pu imaginer sa réaction de dégoût lorsqu'il avait découvert qu'elle n'était plus vierge ? Elle n'avait pas non plus compris qu'il ait pu se sentir menacé par le plaisir qu'elle prenait au lit.

Les nuages avaient commencé à s'amonceler dans leur vie conjugale bien avant la fin de leur voyage de noces. A cette époque-là, hélas, elle se sentait déjà piégée. Piégée par l'amour qu'elle portait à Darko. Avec du recul, elle savait à présent que ce n'était pas l'amour qui la liait à lui, mais la peur.

Non, décida-t-elle, submergée par une nouvelle vague d'amertume. En aucun cas elle n'avait pu se remarier par amour. Mais alors, pour quelle raison était-elle devenue Mme Diamond ?

Le mystère demeurait entier. Elle avait beau le regarder, le détailler des pieds à la tête, aucune étincelle ne venait éclairer son cerveau embrumé. Aucune sensation de déjà-vu, absolument rien.

— Reece, murmura-t-elle dans l'espoir d'attiser des émotions enfouies tout au fond d'elle.

Ce dernier se réveilla instantanément. Agrippant les bras du fauteuil, il se redressa, sur le qui-vive.

— Comment te sens-tu ? demanda-t-il d'un ton inquiet avant de lever les yeux au ciel. Quelle question ridicule… Attends, j'appelle l'infirmière.

Rapide comme l'éclair, il se leva d'un bond et se dirigea vers la porte à grandes enjambées.

— Non ! s'écria Alanna.

Il s'arrêta net

— Ce n'est pas la peine, ajouta-t-elle d'un ton plus posé.

Reece l'enveloppa d'un regard anxieux.

— Tu as retrouvé la mémoire ?

— Non, hélas. Mais je sens une différence en moi, maintenant que je suis reposée. Je veux dire… Je suis consciente de ne plus être la jeune femme désespérée et vulnérable qui a sauté de la voiture de son mari il y a cinq ans.

— C'est déjà un grand pas, fit Reece en hochant la tête. Il faut que j'appelle le médecin. Il voulait te voir à ton réveil.

— De quel médecin s'agit-il ?

— Du psychiatre de garde, le Dr Beckham. Il est très gentil, tu verras. Un neurologue passera également te voir un peu plus tard, le Dr Jenkins.

Elle secoua la tête, l'air abattu.

— Un psychiatre et un neurologue… Je vais vraiment mal !

— Rassure-toi, tu vas bien. Et tu es toujours aussi jolie.

Alanna cligna des yeux, désarçonnée par le compliment. Contre toute attente, une bouffée de chaleur se répandit dans son corps et elle sentit ses joues s'empourprer.

Si son cerveau ne se souvenait pas de Reece Diamond, il en était tout autrement de son corps… Cette réaction inopinée la rassura en même temps qu'elle attisa sa curiosité.

— J'ai quelques questions à vous poser.

— Je t'écoute.

— Pourriez-vous venir vous rasseoir ? suggéra-t-elle. Vous semblez prêt à vous volatiliser.

Il partit d'un rire amusé et les yeux d'Alanna s'arrondirent de surprise. Elle connaissait ce rire…

— Tu te souviens de quelque chose, n'est-ce pas ? demanda-t-il aussitôt.

— Oui… non… enfin, je ne sais pas trop. C'est votre rire…

— Tu me dis souvent que tu aimes mon rire. Et mon sens de l'humour.

Alanna songea à ses paroles. Oui, après Darko, il n'était pas étonnant qu'elle ait recherché un homme qui aimait rire et plaisanter.

— J'ai une question très importante à vous poser, reprit-elle avec le plus grand sérieux. J'aimerais que vous me répondiez franchement.

— Vas-y, je t'écoute.

— Pourquoi nous sommes-nous mariés ? Je veux dire… J'ai du mal à croire que j'aie eu envie de me remarier et pourtant, je l'ai fait. Alors j'aimerais savoir pour quelle raison.

Il la considéra un long moment sans mot dire, visiblement réticent.

— Je vous en prie, ne vous sentez pas obligé d'enjoliver la vérité. Je ne veux pas qu'on me mente. Je ne veux pas de déclarations enflammées si elles ne sont pas sincères. Grand Dieu, non. C'est d'ailleurs bien la dernière chose que je souhaite : des promesses d'amour. Darko passait son temps à me dire combien il m'aimait et à me démontrer l'inverse par ses actes. Non, je veux simplement savoir pourquoi nous nous sommes mariés, tous les deux. Ce n'était pas par amour, n'est-ce pas ?

Reece passa nerveusement la main dans ses cheveux. Qu'était-il censé répondre ? La vérité, sans doute. Enfin, ce qui était la vérité *avant* l'accident. Car un voile s'était levé en lui ce matin et ç'avait été comme une illumination. Il aimait Alanna... Oui, il l'aimait de toutes ses forces.

Malheureusement, elle n'était pas prête à entendre cela. Il était clair qu'elle fuyait l'amour et les grands sentiments comme la peste.

Aussi s'installa-t-il à son chevet pour lui raconter les choses telles qu'elles s'étaient réellement passées entre eux, jusqu'à aujourd'hui, en tout cas.

Elle l'écouta sans mot dire, se contentant de froncer les sourcils lorsqu'il expliqua qu'ils s'étaient mariés sans qu'il ait été question d'amour. Ils avaient décidé de vivre ensemble car ils s'appréciaient mutuellement et ils désiraient tous deux fonder une famille. Et lorsqu'il confessa qu'il ignorait presque tout de son premier mariage, y compris le nom de son ex-mari, le visage de la jeune femme trahit sa confusion.

— Ce n'est pas possible... Je n'ai rien dit pour expliquer pourquoi je désirais un tel mariage ?

— Tu es restée très vague. Le peu que tu m'as raconté m'a conduit à penser que ton premier mari avait été le grand amour de ta vie et que jamais plus tu n'éprouverais les mêmes sentiments pour un autre, expliqua Reece. Comme je sortais moi-même d'une expérience similaire, tes motivations ne m'ont pas étonné.

— Une expérience similaire ? répéta-t-elle, interloquée.

Il lui parla de Kristine, sans toutefois lui raconter en détail la dernière journée qu'ils avaient passée ensemble. C'était parfaitement inutile. A la fin de son récit, Reece fut terrassé par un profond sentiment d'abattement. La vérité au sujet du passé d'Alanna s'avérait particulièrement déprimante. Cela signifiait qu'elle ne serait plus jamais capable d'aimer. Même si elle finissait par recouvrer la mémoire, ce qu'il souhaitait, évidemment, elle ne lui ouvrirait jamais son cœur. Et cette perspective l'emplissait d'une tristesse indicible.

Il se leva, masquant à grand-peine une grimace de douleur.

— Tu as mal quelque part, fit observer Alanna, optant naturellement pour le tutoiement.

L'inquiétude qui perçait dans sa voix accrut encore la frustration de Reece. Sa compassion ne l'intéressait pas. Ce qu'il voulait, c'était sa tendresse, sa passion, son amour !

— Je suis un peu courbatu et je me sens las, tout à coup, admit-il d'un ton bourru. Un bain chaud, un peu de paracétamol et il n'y paraîtra plus. Je dois aller prévenir le médecin, maintenant. Ensuite, je pense rentrer à la maison, j'ai besoin de me reposer. Mais je reviendrai demain matin, à la première heure.

Avec un peu de chance, elle aurait retrouvé la mémoire entre-temps.

— Et ma mère ? demanda-t-elle à brûle-pourpoint. Est-elle encore... en vie ?

Il haussa les sourcils, stupéfait. La mère d'Alanna n'avait que cinquante et un ans et elle était en excellente santé, contrairement à la sienne, un peu plus âgée, qui souffrait de problèmes vasculaires depuis quelque temps. Pourquoi diable la mère d'Alanna serait-elle morte ?

— Bien sûr, répondit-il, la première surprise passée. Elle est même en pleine forme. D'ailleurs, elle vient de se fiancer et projette de se marier bientôt.

Ses yeux verts s'arrondirent de stupeur.

— C'est une blague ! Qui est l'heureux élu ?

— Il s'appelle Bob. Il enseigne les mathématiques au lycée de Cessnock. Ça fait un petit bout de temps qu'ils se fréquentent, tous les deux.

— Seigneur ! J'ai du mal à le croire !

— Tu devais l'appeler ce soir. Veux-tu que je le fasse à ta place ? Je lui expliquerai ce qui s'est passé.

— Dois-je comprendre que nous nous appelons régulièrement, maman et moi ? demanda Alanna d'un ton sceptique.

— Très souvent, même.

— Cela m'étonne beaucoup.

— Je vais l'appeler et lui dire de venir.

La panique se peignit sur le visage diaphane d'Alanna.

— Non… Ne fais pas ça, je t'en prie. Je n'ai pas envie de la voir pour le moment. Je… j'ai besoin de réfléchir, tu comprends. J'ai besoin de calme et de solitude si je veux retrouver la mémoire.

— Ta réaction risque de la blesser, tu sais.

— Vraiment ? fit-elle presque sèchement. Permets-moi d'en douter.

— Tu vis avec cinq ans de retard, Alanna, remarqua Reece, contrarié par l'attitude de sa femme. Quoi qu'il se soit passé entre ta mère et toi, c'est définitivement oublié. Vous êtes très proches, toutes les deux. Elle voudra te soutenir dans cette épreuve, c'est tout naturel.

Elle secoua la tête avec véhémence.

— Ce que tu dis est sans doute vrai, je ne remets pas en cause ta bonne foi, mais je n'ai pas envie de la voir pour le moment. Est-ce clair ? demanda-t-elle d'un air buté.

Il leva les yeux au ciel.

— D'accord, j'essaierai de lui expliquer la situation le plus délicatement possible. Bon, il faut vraiment que j'aille chercher le médecin.

— Et ne tarde pas à rentrer à la maison, ajouta Alanna. Tu as l'air épuisé.

Son ton prévenant lui arracha un sourire.

— Voilà l'épouse qui parle…

Elle esquissa à son tour un bref sourire.

— On dirait bien, en effet.

Leurs regards se rencontrèrent, celui d'Alanna chargé d'interrogations inquiètes.

— Suis-je une bonne épouse, au moins ?

— La meilleure qui soit, répondit Reece, la gorge étrangement nouée.

Un bref silence suivit ses paroles.

— Tout cela me paraît si difficile à croire, murmura-t-elle enfin.

— Et pourtant, c'est la vérité.

Elle le considéra longuement avant de hocher la tête.

— Ça ne doit pas être très difficile d'être une bonne épouse avec un homme comme toi. Tu es extrêmement patient. Et tu sembles très gentil.

Au prix d'un effort, Reece réprima un rire d'autodérision. Il ne possédait pas une once de patience, d'ordinaire. Quant à sa prétendue gentillesse… Certes, son entourage le qualifiait souvent de gentil et de généreux. Mais c'étaient des qualités tellement superficielles quand on était riche à millions ! Il n'y avait aucun mérite à distribuer de l'argent autour de soi…

Il aurait tellement voulu qu'Alanna retrouve la mémoire très vite ! Manifestement, ce Darko Malinowski l'avait complètement anéantie, tant au plan émotionnel qu'au plan physique. Reece comprenait mieux à présent pourquoi elle avait montré tant de retenue au cours des premiers mois de leur mariage. C'était comme si elle se méfiait de sa véritable nature, passionnée et sensuelle.

Un entretien avec le psychiatre lui ferait le plus grand bien.

— Je vais prévenir le Dr Beckham, déclara-t-il d'unc voix blanche, avant de quitter la pièce.

9.

— Quelle belle journée ! s'extasia Alanna.

D'un point de vue purement météorologique, oui, c'était une belle journée, un mercredi ensoleillé, trois jours après l'accident. Au volant de sa voiture, Reece ramenait Alanna à la maison. Elle n'avait pas retrouvé la mémoire. Les cinq années passées n'existaient pas et elle ne gardait aucun souvenir de leur mariage.

Physiquement, elle était en pleine forme. Son hématome à la tempe s'était presque résorbé et le scanner n'avait montré aucune lésion cérébrale.

Les deux spécialistes, le Dr Jenkins et le Dr Beckham, étaient arrivés à la même conclusion : son amnésie était d'ordre émotionnel. L'accident de voiture l'avait propulsée cinq ans en arrière, à l'époque où un autre accident lui avait infligé un sérieux traumatisme à la fois physique et psychologique. Pour se détendre, son cerveau avait refoulé tout ce qui s'était passé après cet événement tragique. Quelle ironie ! songea Reece, d'humeur morose. Ce n'étaient pas les cinq dernières années qu'elle aurait dû rayer de sa mémoire mais les vingt-cinq qui les avaient précédées…

Les deux médecins étaient persuadés qu'elle retrouverait bientôt la mémoire, dès lors qu'elle serait de nouveau dans son environnement familier.

Il l'espérait de tout son cœur. Il ne serait pas facile de vivre avec une femme qui le considérait comme un étranger. Partant du principe qu'il valait mieux lui laisser du temps, il s'était installé dans une autre chambre afin de ne pas la brusquer.

Il savait maintenant ce que son premier mari lui avait fait subir. La mère d'Alanna lui avait brièvement raconté leur histoire lorsqu'il l'avait appelée dimanche soir.

Réfugié politique, Darko Malinowski avait perdu ses parents dans son pays natal. Tous deux avaient été sauvagement massacrés par le pouvoir en place. Grand, très brun, plein d'un charme ténébreux, c'était un jeune homme mystérieux et fascinant. Il suivait des études d'ingénieur à l'université de Sydney et travaillait comme chauffeur de taxi pour joindre les deux bouts quand il avait rencontré Alanna. Un véritable coup de foudre, pour lui.

Il lui avait fait une cour assidue, la couvrant de cadeaux et de poèmes qu'il écrivait à ses heures perdues, la traitant comme une véritable princesse. Flattée par toutes ses démonstrations d'affection, Alanna n'avait pas tardé à succomber à son charme.

C'était tellement éloigné de son schéma familial ! Sa belle-mère avait également confié à Reece que le père d'Alanna n'était qu'un égoïste rustre et sans cœur et que sa fille lui avait souvent reproché de rester avec cet homme qui la traitait comme une moins-que-rien. C'était précisément la raison de leur éloignement, durant toute cette période. La mère et la fille ne s'étaient rapprochées qu'à la mort de Darko, lorsque Alanna était rentrée à Cessnock, sous le choc, éperdue de chagrin après sa fausse couche. Elle avait compris depuis pourquoi certaines femmes restaient avec un mari qu'elles n'aimaient plus, un mari méprisant qui prenait un malin plaisir à les détruire.

Apparemment, Darko souffrait d'une jalousie obsessionnelle, quasi pathologique. Il avait fait vivre à Alanna un véritable calvaire, la questionnant sans cesse sur ses allées et venues, la suivant en douce, laissant éclater sa colère si elle émettait le souhait de sortir sans lui. Un vendredi soir, alors que celle-ci, à bout de nerfs, s'apprêtait à quitter la maison sans lui demander son avis, il était allé jusqu'à la ligoter sur une chaise et l'avait laissée là tout le week-end.

« C'était un névrosé de la pire espèce, avait continué la mère d'Alanna. Mais comme il était très fort physiquement, ma fille était terrifiée. En apprenant qu'elle était enceinte, elle espérait que les choses allaient s'arranger entre eux. Hélas, ce fut tout le contraire. Darko l'a accusée d'avoir une liaison avec un autre homme, il s'est mis dans la tête que le bébé n'était pas de lui. Ils étaient en voiture quand Alanna lui a annoncé la nouvelle. Ivre de rage, il a menacé de les tuer tous les trois sur-le-champ. Elle le connaissait bien, elle savait qu'il n'hésiterait pas à mettre sa menace à exécution. Aussi a-t-elle sauté de la voiture dans l'espoir de sauver son bébé. »

S'arrachant à ses sombres pensées, Reece lança un coup d'œil furtif en direction d'Alanna. Contre toute attente, elle semblait plutôt détendue, confortablement installée sur le siège passager de la BMW de location.

Elle avait exprimé son étonnement en découvrant la luxueuse voiture sur le parking, un peu plus tôt, et lorsque Reece lui avait expliqué qu'il s'agissait d'une voiture de location en attendant que leur Mercedes soit réparée, Alanna avait paru encore plus surprise. Manifestement, leur train de vie la plongeait dans un profond désarroi.

Elle avait remis le jean et le pull qu'elle portait le jour de l'accident. Reece lui avait simplement apporté des sous-vêtements propres. En découvrant le soutien-gorge et le string roses, elle avait froncé les sourcils. C'était trop affriolant à son goût, avait-elle murmuré d'un ton contrit.

Reece étouffa un soupir. Où était passée la femme sensuelle qu'il avait épousée ? C'était à croire qu'elle s'était volatilisée…

En entendant le soupir étouffé de son compagnon, Alanna se tourna légèrement vers lui. Le pauvre, songea-t-elle dans un élan de compassion, ça ne devait pas être simple pour lui.

« Pauvre » était un qualificatif qui ne lui convenait pas au sens littéral du terme, pensa-t-elle en le détaillant du coin de l'œil. Il portait un costume gris à la coupe impeccable, probablement taillé sur mesure, et une chemise bleue qui rehaussait encore la limpidité de son regard. Une cravate mordorée apportait une note de fantaisie à sa tenue. A son poignet brillait une montre en or.

En résumé, Reece Diamond portait bien son nom : il conduisait de luxueuses berlines et s'habillait comme un prince. Etait-ce pour son argent qu'elle l'avait épousé ? Avait-elle changé à ce point en cinq ans ?

Darko et elle avaient eu un train de vie tout à fait moyen. Lui avait abandonné ses études peu de temps après leur mariage, arguant qu'il gagnerait davantage d'argent comme chauffeur de taxi. Mais Alanna le soupçonnait d'en profiter pour pouvoir la filer à sa guise. Heureusement, grâce à son diplôme de tourisme, elle avait décroché un poste intéressant dans un grand hôtel du centre-ville et son salaire leur permettait de vivre correctement. Au bout d'un an de mariage, Darko avait exigé qu'elle lui remette l'intégralité de son salaire et elle, pauvre idiote, avait obéi sans protester. Et lorsque, quelque temps plus tard, son mari lui avait ordonné de démissionner afin de pouvoir se consacrer entièrement à lui, comme une bonne épouse qui se respecte, elle s'était de nouveau inclinée.

— Nous sommes presque arrivés, déclara Reece, coupant court à sa plongée dans le passé.

— Nous habitons à Balmain ? fit-elle en lisant les panneaux des rues qu'ils empruntaient.

Au moins reconnaissait-elle Sydney et ses différents quartiers.

— East Balmain, rectifia-t-il machinalement. Au bord de l'eau.

L'un des quartiers les plus chic de la ville. Avant même qu'ils s'arrêtent devant d'imposantes grilles noires, Alanna savait que leur maison ne ressemblerait en rien au petit deux pièces préfabriqué qu'elle avait occupé avec Darko.

Mais lorsque les grilles s'ouvrirent lentement devant eux, elle retint de justesse un petit cri de surprise. Il ne s'agissait pas d'une « maison » mais d'une splendide demeure à deux étages bordée d'une grande cour, au centre de laquelle se dressait une jolie fontaine en pierre.

— J'ignorais que tu étais riche à ce point, murmura-t-elle, émerveillée par tant de beauté.

— Ça n'a pas toujours été le cas, répondit Reece d'un ton désinvolte. Et ça ne durera peut-être pas. L'immobilier est un secteur très fluctuant.

— Tu vends des maisons ? demanda-t-elle comme ils s'engageaient sur une allée assez abrupte, en direction du garage, dont la porte s'ouvrit automatiquement à leur approche.

— C'est ce que je faisais à l'époque où j'ai acquis cette demeure. Maintenant, je suis promoteur. J'achète des terrains sur lesquels je fais construire des résidences haut de gamme. Je me suis également lancé dans les complexes touristiques et les maisons de retraite.

— Tu as dû travailler comme un forçat pour être à la tête d'un tel empire à ton âge. Je veux dire... Tu n'as pas l'air très vieux. Je te donne trente-cinq ans, maximum.

— J'en ai trente-six, bientôt trente-sept. Tu as raison, j'ai travaillé dur pour réussir et ce n'est pas fini. D'ailleurs, il faut que j'aille au bureau aujourd'hui. J'ai quelques dossiers urgents à régler. J'espère que ça ne te dérange pas. Je vais te faire visiter la maison avant de partir. J'imagine que tu ne te souviens de rien.

— Ne te donne pas cette peine, objecta Alanna. Le Dr Jenkins m'a conseillé de mettre ma mémoire à l'épreuve pour voir si je me souviens de certaines choses instinctivement.

— Ta voiture te dit quelque chose ? demanda Reece en désignant du menton la Lexus argent qui stationnait à côté de la BMW.

Alanna contempla d'un air interdit le véhicule aux contours racés.

— Je ne m'en souviens pas du tout, admit-elle en secouant la tête.

— Les clés se trouvent dans la pochette extérieure de ton sac à main, indiqua Reece.

Alanna ramassa le sac qu'elle avait posé à ses pieds. C'était un sac en cuir marron qui portait la griffe d'un grand couturier. Elle trouva un trousseau de clés à l'intérieur de la pochette zippée ainsi qu'un téléphone portable. Elle avait déjà inspecté le contenu de son sac à l'hôpital et connaissait à présent le nom du parfum qu'elle portait ces temps-ci. Le flacon côtoyait un paquet de pastilles à la menthe ainsi qu'un porte-monnaie quasiment vide. Dans le portefeuille assorti se trouvait en revanche une collection impressionnante de cartes, et parmi elles deux cartes de crédit.

— Je travaille à l'extérieur ? demanda-t-elle à son mari.

Il se tourna vers elle.

— Tu étais directrice des relations publiques du Regent Hotel quand nous nous sommes rencontrés. Mais tu as donné ta démission peu de temps après notre mariage.

— Je suis donc ce qu'on appelle une femme entretenue, fit-elle observer d'un ton méprisant, choquée qu'elle ait pu se marier pour des raisons matérielles.

— Absolument pas, protesta Reece. Tu es une battante qui a bien mené sa barque, crois-moi.

La jeune femme songea au poste important qu'elle avait occupé, tandis que Reece l'entraînait à l'intérieur de la maison. Ils longèrent un large couloir avant de pénétrer, quelques instants plus tard, dans un vaste hall d'entrée recouvert de marbre gris. Elle balaya la pièce du regard, impressionnée par tant de luxe. L'entretien de ce genre de maison devait demander un temps fou, songea-t-elle avant de se reprendre. Quelle idiote ! Les femmes entretenues engageaient des domestiques, évidemment !

— Nous venons de traverser l'aile réservée aux domestiques, l'informa Reece, comme s'il avait deviné ses pensées. La buanderie se trouve aussi dans cette partie-là.

Elle le considéra avec stupeur.

— Nous avons des domestiques à demeure ?

— En fait, non. Tu ne le jugeais pas nécessaire. Une femme de ménage vient deux fois par semaine pour s'occuper du linge et des tâches ménagères les plus lourdes. De temps en temps, quand nous organisons une grande réception, tu fais appel à un traiteur. Mais tu préfères cuisiner toi-même pour les dîners entre amis.

— Dieu merci, je ne suis pas totalement oisive !

— Bien au contraire, Alanna, tu m'es d'une aide précieuse. En fait, tu es un peu mon bras droit.

A l'entendre, on aurait cru qu'elle jouait le rôle de secrétaire particulière. Peut-être ne partageaient-ils pas la même chambre, songea-t-elle, très angoissée à l'idée de dormir dans le lit d'un… inconnu. Certes, Reece était un homme extrêmement attirant, mais la simple idée de faire l'amour lui répugnait.

— La maison te dit quelque chose ? demanda-t-il, coupant court à ses pensées troublantes.

Debout au milieu du hall d'entrée, Alanna regarda autour d'elle. De part et d'autre, deux grands escaliers menaient à l'étage où se trouvaient probablement les chambres à coucher.

Devant elle, quelques marches descendaient dans un immense salon qui ouvrait à son tour sur une terrasse démesurée.

Légèrement en contrebas, une somptueuse piscine ovale, équipée d'un espace Jacuzzi, miroitait au soleil. Et au-delà, une pelouse impeccablement entretenue, ornée de massifs et d'arbustes, s'étendait jusqu'au rivage. A droite, on pouvait apercevoir la silhouette gracieuse d'Harbour Bridge. Sur l'autre rive se dressaient de nombreuses résidences qui devaient offrir à leurs occupants la même vue spectaculaire.

Ici, tout respirait le luxe et le raffinement, depuis les sols revêtus de marbre jusqu'aux murs d'une blancheur immaculée, en passant par les meubles de style et les objets d'art. Au-dessus de sa tête, un lustre étincelant pendait au plafond légèrement voûté.

Hélas, tout cela était neuf pour elle… y compris le maître des lieux. La seule chose dont elle arrivait à se souvenir à son sujet, c'était son rire.

— Mon bureau et les chambres d'amis se trouvent par là, reprit Reece en indiquant un couloir qui partait sur la droite, derrière l'escalier. Et ces deux portes, là, sais-tu ce qu'elles cachent ? demanda-t-il en pointant l'index sur les ouvertures qui se trouvaient sous chaque escalier.

— Des toilettes et un vestiaire, peut-être, répondit Alanna d'un ton hésitant.

— Presque. Elles donnent toutes les deux sur des toilettes. Une pièce pour les hommes, l'autre pour les femmes.

— Oh…

Décidément, cette demeure ressemblait à un véritable château ! Tout à coup, elle se sentit submergée par une immense lassitude, tant physique qu'émotionnelle.

— Pourquoi ne retournes-tu pas travailler ? suggéra-t-elle, pressée de se retrouver seule. Je me débrouillerai, ne t'inquiète pas.

— Tu es sûre ?

— Oui. Pour être franche, je suis fatiguée. Je crois que je vais aller me reposer un peu. Je… Oh, zut…

— Que se passe-t-il ? fit Reece d'un ton anxieux. Tu te souviens de quelque chose.

— Non… J'ai oublié de prendre le beau bouquet que tu m'avais apporté à l'hôpital, murmura-t-elle, déçue.

Un sourire soulagé étira les lèvres de Reece.

— Ce n'est rien, je t'en offrirai un autre. Après tout, c'est ma mission : rendre ma femme heureuse. De la même manière que tu me rends heureux, Alanna.

Cette dernière le considéra d'un air incrédule.

— C'est vrai, nous sommes heureux ensemble ?

— Oui.

Elle avala sa salive et força son courage pour poser la question qui lui brûlait les lèvres.

— Au lit aussi ?

— Au lit aussi.

Elle garda le silence. L'idée qu'elle ait pu retrouver le goût de l'amour physique lui semblait inconcevable. Mais cinq années s'étaient écoulées depuis la mort de Darko. A l'époque, elle n'était plus qu'une pauvre créature tétanisée par la peur, incapable de ressentir autre chose que de l'angoisse. Manifestement, elle avait émergé de cet effroi pour redécouvrir les plaisirs sensuels.

Après tout, c'était peut-être pour cela qu'elle avait épousé Reece Diamond, et non pour des raisons matérielles comme elle l'avait cru. Le visage d'Alanna s'assombrit. L'argent ou le sexe… Ou, pire encore, peut-être les deux. C'était absolument abject !

— A quoi penses-tu ? demanda Reece en surprenant son expression horrifiée.

Il fit un pas vers elle, visiblement inquiet. Elle cligna des yeux.

— Je… J'ai du mal à comprendre ce qui m'a poussée à m'adresser à cette agence de rencontres dont tu m'as parlé. Pour être franche, au vu de ma première expérience conjugale, je n'arrive pas à croire que j'ai souhaité un jour me remarier, fût-ce à un homme aussi riche, brillant et séduisant que toi.

Il sourit brièvement avant de hocher la tête.

— Je comprends ton désarroi. Veux-tu appeler ta mère ? Elle t'aidera à y voir plus clair.

— Non, répondit aussitôt Alanna. Je ne veux pas lui parler, pas encore.

— Dans ce cas, tu devrais en discuter avec Natalie. Natalie Fairlane, précisa-t-il devant son air perplexe, la directrice de *Une femme pour la vie*. Veux-tu que je l'appelle pour lui expliquer la situation ? Je peux lui demander de passer te voir demain, si elle est libre. Elle pourra répondre à toutes les questions que tu te poses, étant donné l'entretien poussé qu'elle conduit avec chaque candidat. Et puis, qui sait, votre conversation fera peut-être jaillir quelques souvenirs.

— Oui. Oui, c'est une bonne idée, reconnut-elle, surmontant à grand-peine la bouffée d'angoisse qui montait en elle.

Elle se sentait prise de vertige en se demandant ce qui se passerait si elle n'aimait pas la femme qu'elle était devenue…

— Je l'appellerai dès que j'arriverai au bureau, proposa Reece.

— Merci.

— Tout le plaisir est pour moi, répondit-il en la gratifiant d'un sourire éclatant.

Pas étonnant qu'il ait réussi dans la vie… Qui pouvait résister à un tel sourire ? Elle, songea Alanna en réprimant un frisson. Si séduisant, si sexy fût-il, elle continuait à le considérer comme un parfait étranger.

— Une dernière chose avant que tu t'en ailles, articula-t-elle d'une voix mal assurée.

— Oui ?

— C'est au sujet de notre… de cette nuit, reprit-elle, les joues en feu. Je veux dire… je… je n'ai pas…

Un mélange de compréhension et de regret se lut sur le visage de Reece.

— Rassure-toi, Alanna, je me suis déjà installé dans une autre chambre. Nous attendrons que tu aies retrouvé la mémoire.

— Et si… si je ne la retrouve pas ?

— Les médecins sont formels : tu y arriveras.

— Oui, mais quand ? Demain ? L'année prochaine ? Dans dix ans ?

— Bientôt, ne t'inquiète pas, la rassura Reece d'un ton optimiste. Maintenant, excuse-moi, je dois y aller. Tu trouveras de quoi manger dans la cuisine.

Elle ne put s'empêcher de sourire. Reece Diamond était un homme incroyablement prévenant et attentionné, très différent de Darko. Quelles qu'aient été ses véritables motivations, elle avait fait le bon choix en l'épousant.

— Ça va aller, fit-elle en effleurant du bout des doigts le bras de son mari. Ne t'inquiète pas pour moi.

Il baissa les yeux sur sa main, visiblement surpris par ce geste affectueux. Il chercha son regard et esquissa un sourire.

— Tu dis toujours ça.

— C'est vrai ?

— Oui. Tu es d'une nature très indépendante.

— Ah bon ? fit-elle, sincèrement étonnée.

— Oui, tu peux me croire.

Alanna retira brusquement sa main. Serait-elle capable un jour d'accorder sa confiance à un homme ? Apparemment, c'était ce qu'elle avait fait avec Reece. Et, aussi bizarre que cela puisse paraître, cette pensée la réconforta.

— Je suis désolée…

Ce dernier fronça les sourcils.

— Pourquoi ?

« Je suis désolée de t'avoir oublié », faillit-elle dire avant de se ressaisir.

— Je suis désolée de te causer autant de souci. Ça ne doit pas être facile d'être marié à une femme qui ne se souvient pas de toi.

Il laissa échapper un petit rire.

— Non, pas vraiment.

— A quelle heure penses-tu rentrer, ce soir ?

Il consulta sa montre.

— Il est déjà 11 heures. Je ne serai pas là avant 18 heures.

— Veux-tu que je prépare le dîner ? Je veux dire… Est-ce ce que je fais d'habitude ?

— En principe, oui. Quand nous ne dînons pas à l'extérieur. Mais tu as l'air épuisée. Je rapporterai quelque chose à manger, d'accord ? Qu'est-ce qui te ferait plaisir ? Un repas chinois ? thaïlandais ? italien ?

Alanna eut un sourire confus.

— Je ne sais pas, c'est à toi de me le dire. Qu'est-ce que j'apprécie, ces temps-ci ?

Les yeux de Reece pétillèrent. A quoi pensait-il, au juste ? Elle déglutit péniblement. Oh non, pourvu qu'il n'ait pas mal interprété ses paroles… Car il n'y avait absolument aucun sous-entendu sexuel là-dedans ! Certes, elle s'était adonné avec bonheur aux plaisirs sensuels autrefois mais c'était il y a longtemps, avant que Darko se charge de réprimer sa nature enflammée. Il la forçait à faire l'amour quand elle n'en avait pas envie, clamant haut et fort qu'il n'y avait rien de meilleur que de contraindre sa propre femme à se plier à ses désirs. Il la possédait avec une violence à peine contenue en lui chuchotant des insultes à l'oreille. A ce souvenir, un frisson lui parcourut l'échine.

— Ce sera une surprise, répondit finalement Reece, l'arrachant à ses sombres pensées. Si tu as besoin de m'appeler, mon numéro personnel est le premier de ton répertoire, sur le téléphone portable qui se trouve dans le sac que tu tiens à la main. Il faut que je file, Alanna.

Avant qu'elle ait le temps de réagir, il la prit doucement par les épaules et effleura sa joue d'un baiser. Un baiser aérien, on ne peut plus prude et, pourtant, le cœur d'Alanna s'emballa sur-le-champ tandis que mille frissons couraient sur sa peau.

— A tout l'heure, murmura-t-il avant de tourner les talons.

L'instant d'après, il avait disparu.

Alanna resta un long moment les yeux rivés sur la porte close. Machinalement, sa main effleura la joue qu'il venait d'embrasser. Aucun doute : si son cerveau ne se souvenait pas de lui, son corps, lui, se le rappelait.

10.

Perché au douzième étage d'un gratte-ciel du centre-ville, les bureaux de Reece surplombaient le port de Sydney. Diamond Enterprises n'employait que trois personnes à plein temps : son bras droit, Jake Wyatt, un jeune loup féroce et ambitieux, une secrétaire qui se chargeait de l'accueil des clients, et lui-même.

La secrétaire s'appelait Katie. Agée de trente-huit ans, elle avait quitté son poste de commerciale dans l'immobilier pour accepter celui-ci, plus tranquille. Blonde, ravissante, pleine de tact et d'une efficacité redoutable, elle était surtout mariée et heureuse en ménage. Reece n'avait jamais aimé mêler vie privée et vie professionnelle.

— Je ne prends aucun appel pendant une demi-heure, déclara-t-il tout de go en pénétrant dans le hall lumineux qui servait de réception. Et avant que vous ne me posiez la question, Katie, non, Alanna n'a toujours pas retrouvé la mémoire et oui, je suis d'une humeur massacrante.

— Vous ne voulez ni café, ni croissant, alors ? fit Katie sans ciller.

Reece s'immobilisa sur le seuil de son bureau et gratifia sa secrétaire d'un sourire reconnaissant.

— Vous savez comment tenter un homme... Commandez-m'en deux. Avec un café bien serré. Mais pas avant vingt minutes, j'ai quelques coups de fil à passer avant.

— Et Jake, alors ? Il voulait vous voir pour faire le point sur la mission que vous lui avez confiée, vous savez... Il est censé trouver une maison pour Richard, votre ami banquier, et son épouse.

— Ah oui, c'est vrai... Ecoutez, dites-lui que je le verrai plus tard, rien ne presse. Les deux tourtereaux sont en voyage de noces et ne rentreront pas avant un mois. Entendu ?

— Oui, chef, répondit Katie d'un ton espiègle.

Après avoir fermé la porte derrière lui, Reece alla directement à son bureau.

Sans porter la moindre attention à la vue imprenable qui s'offrait à lui ni à la décoration élégante de la pièce, il se laissa tomber dans son fauteuil de cuir, s'empara du téléphone et sélectionna le numéro de Mike dans son répertoire. Avant toute chose, il se devait d'honorer les engagements qu'il avait pris pour qu'Alanna ait la vie sauve.

Mike décrocha à la troisième sonnerie. Sa voix grave résonna à l'autre bout du fil.

— Mike Stone à l'appareil.

— Mike, c'est Reece.

— Reece ! Ecoute, mon vieux, j'espère que tu ne m'en veux plus d'avoir dansé avec Alanna samedi soir... Je n'y tenais pas particulièrement, tu sais.

Il avait complètement oublié cette histoire... Cette soirée lui semblait tellement loin !

— C'est bon, Mike, je ne t'en veux pas. En fait, j'appelle pour tout autre chose.

— Bon sang, Reece, tu as une voix d'outre-tombe. Il n'y a rien de grave, j'espère.

Reece raconta brièvement à son ami ce qui s'était passé.

— Ce n'est pas possible ! s'écria Mike dès qu'il eut terminé son triste récit. Pourquoi ne me l'as-tu pas dit plus tôt ? J'aurais pu t'aider, je ne sais pas, moi... Je t'aurais emmené boire un verre quelque part pour te changer les idées. Tu devais être fou d'inquiétude !

Au bout du fil, Reece eut un sourire sans joie. Il n'y avait pas de mot pour exprimer l'angoisse qui lui avait étreint le cœur lorsqu'il avait posé les yeux sur Alanna, inconsciente, pâle comme la mort sur le siège passager.

— Je te remercie, ça va aller. Ecoute, Mike, après l'accident, je me suis promis que si Alanna... en sortait indemne, je ferais en sorte d'être plus attentif aux autres.

Il toussota pour masquer sa gêne.

— Comme je sais que tu t'investis beaucoup pour les jeunes défavorisés, poursuivit-il, j'aimerais te confier une certaine somme, disons un million pour commencer, afin que tu la distribues à ceux qui en ont réellement besoin. Je le ferai tous les ans, tant que mes finances me le permettront.

Un bref silence accueillit ses propos. Finalement, Mike prit la parole.

— Tu es sérieux ?

— Bien sûr que je suis sérieux, enfin ! Je te confie l'argent et tu te charges d'aider tous ces jeunes que tu soutiens déjà.

— Je ne sais pas quoi dire, Reece.

— Tu n'as qu'à dire merci, mon vieux, c'est tout. Donne-moi ton numéro de compte, je m'en occupe dès aujourd'hui.

Deux minutes plus tard, Reece raccrocha. C'était une bonne chose de faite. Mike ne perdait jamais de temps en discussions inutiles, et il appréciait la concision et l'efficacité de son ami. Le coup de fil suivant s'annonçait plus délicat. Etouffant un soupir, Reece consulta de nouveau son répertoire et sélectionna le numéro de Natalie Fairlane. Coup de chance, il ne tomba pas sur le répondeur de l'agence mais sur sa directrice en personne.

— Bonjour, Natalie, Reece Diamond à l'appareil.

Il y eut une brève hésitation.

— Reece ! s'écria finalement Natalie. J'espère que vous ne m'appelez pas pour m'annoncer que votre mariage avec Alanna bat de l'aile…

— Non, rassurez-vous, répondit-il, surpris par l'inquiétude sincère qui perçait dans la voix de son interlocutrice.

Natalie Fairlane était une superbe rousse, flamboyante, sculpturale et brillante. Mais, étrangement, elle dégageait une espèce d'assurance glaciale qui portait ombrage à son physique de déesse. Quel homme parviendrait à percer l'armure dont elle s'était entourée ? Un homme aussi complexe qu'elle, probablement…

— Dans ce cas, en quoi puis-je vous être utile ? demanda-t-elle d'un ton intrigué.

De nouveau, il raconta l'accident et l'amnésie partielle dont souffrait Alanna.

— C'est très triste, déclara Natalie. La situation doit être particulièrement éprouvante pour Alanna. J'ignorais que son premier mariage avait été aussi traumatisant. C'est étrange, vraiment… En principe, les femmes qui ont connu un mariage malheureux n'ont guère envie de renouveler l'expérience.

— C'est en effet ce qui la tracasse le plus, admit Reece. Elle n'arrive pas à comprendre pourquoi elle s'est remariée. Je croyais que vous pourriez l'aider à répondre aux questions qui la tourmentent mais il semblerait que je me sois trompé. Apparemment, elle ne vous avait pas mise dans la confidence non plus.

— Hélas, non. Mais vous savez, j'ai ressenti une espèce d'élan de compassion pour Alanna dès que je l'ai rencontrée.

— Pourquoi ça ?

— Je ne sais pas vraiment, une intuition. Il m'arrive de sentir que certaines femmes ont souffert par le passé et c'est ce qui s'est produit avec Alanna. Mais tout s'était éclairci lorsqu'elle m'avait raconté que son premier mari avait trouvé la mort dans un accident de voiture. J'en avais conclu, à tort, que l'espèce de mélancolie qui émanait d'elle provenait de là. J'aurais dû écouter mon instinct... Je retiendrai la leçon, à l'avenir.

Reece comprit soudain les raisons de l'apparente rigidité de son interlocutrice. Natalie Fairlane avait elle aussi souffert à cause d'un homme. Et ses blessures n'étaient pas encore refermées.

— Je me demandais si vous accepteriez de rendre visite à Alanna, reprit-il d'un ton neutre. Les médecins lui conseillent de s'entourer au maximum des personnes qu'elle a côtoyées pendant les cinq années dont elle ne garde aucun souvenir. Et de toute façon, votre visite ne lui fera pas de mal.

— Je serais ravie de la voir. Quand voulez-vous que j'y aille ?

— Demain matin, si vous êtes libre. Vers 10 heures, ça vous va ?

— C'est parfait. Vous y serez aussi ?

Il hésita. Il brûlait d'envie de rester auprès de sa femme mais il ne voulait surtout pas qu'elle ressente sa présence comme une pression supplémentaire. Il ne fallait en aucun cas qu'elle se sente harcelée.

— Non, je dois rattraper le retard que j'ai accumulé au bureau. La femme de ménage sera là pour vous accueillir. Elle s'appelle Jess. Vous verrez, c'est une femme aussi adorable que discrète.

— C'est la même adresse que celle que j'ai consignée dans mon dossier ?

— Oui.

Reece avait acheté la maison le jour où il avait décidé de se remarier. Muté à l'étranger, l'ancien propriétaire l'avait vendue entièrement meublée et décorée.

— Merci beaucoup, Natalie. Je suis sûr qu'elle sera contente de vous voir. Je l'aime tellement... Oh, zut, marmonna-t-il en maudissant sa spontanéité. Pour l'amour de Dieu, ne lui répétez surtout pas ça. Ce genre d'aveu risquerait de l'effrayer. Promettez-moi de garder le secret.

— C'est promis. Pauvre Alanna..., ajouta-t-elle d'un ton peiné. « Chat échaudé craint l'eau froide », comme dit le proverbe. Vous avez raison, elle n'a sans doute aucune envie de vous entendre déclarer votre flamme, pas avec des mots, en tout cas. Ce qui ne vous empêche pas de lui montrer que vous l'aimez en redoublant de petites attentions. Offrez-lui des fleurs, par exemple.

— J'en avais l'intention, ne vous inquiétez pas. Je dois vous laisser, Natalie, ajouta-t-il comme on frappait à sa porte. Je lui dirai que vous passerez demain. Merci encore. Au revoir.

Après avoir jeté un bref coup d'œil à sa montre, Reece pria Katie d'entrer. Sans doute lui apportait-elle le café et les croissants qu'il avait commandés. Il était midi moins vingt. Que faisait Alanna en ce moment précis ?

Avec un peu de chance, elle recouvrait peu à peu la mémoire...

11.

Au même moment, Alanna était en train de rincer la tasse qu'elle venait d'utiliser. Un soupir las s'échappa de ses lèvres. Pourquoi ne reconnaissait-elle rien dans cette maison censée être la sienne ?

Elle prit appui contre le plan de travail, en proie à un profond abattement. Elle avait dû ouvrir tous les placards de la cuisine — et ils étaient nombreux — pour trouver de quoi se préparer un café.

Aucune des pièces du rez-de-chaussée ne lui avait semblé familière. Elle était allée se promener dans le jardin dans l'espoir de faire jaillir un souvenir. Elle avait longé la piscine turquoise et était descendue jusqu'au ponton. Là, elle s'était retournée pour contempler la demeure.

C'était le trou noir le plus complet.

Secouant la tête, elle força son courage et se décida à monter à l'étage. Pour une raison qu'elle ne s'expliquait pas, elle avait repoussé ce moment le plus possible. Mais à présent, il était temps de prendre les choses en main.

Elle inspira profondément et se dirigea vers l'imposant escalier double qui dominait le hall d'entrée. Comme elle gravissait d'un pas réticent les larges marches, son attention fut attirée par les cadres qui ornaient la montée de l'escalier. C'étaient de très belles photos en noir et blanc représentant des paysages côtiers et des mers déchaînées. Les avait-elle choisies ? Ou bien se trouvaient-elles déjà dans la maison quand ils avaient emménagé ? Toute la décoration semblait l'œuvre d'un professionnel. Pourquoi n'avait-elle pas souhaité s'en charger elle-même ?

Elle soupira de nouveau. C'était terriblement frustrant d'oublier ainsi tout un pan de son passé. Frustrant et angoissant, un peu comme si on s'était perdu en chemin.

Arrivée en haut des marches, elle s'immobilisa quelques instants. En face d'elle, au bout d'un large couloir, se trouvait une double porte de bois ornée de poignées en argent. A gauche et à droite, deux autres portes étaient fermées.

Son intuition lui souffla que la double porte ouvrait sur la chambre qu'elle partageait avec son mari. Elle poussa malgré tout les deux autres portes en longeant le couloir. C'étaient deux chambres à coucher dotées chacune d'une salle de bains attenante. Décorée en bleu et blanc, celle de droite était occupée. Le lit était défait et des vêtements reposaient pêle-mêle sur le dossier d'une chaise. Alanna aperçut un jean délavé et un blouson de cuir noir. A l'évidence, c'était ici que Reece avait provisoirement élu domicile.

La considération qu'il lui manifestait était à la fois touchante et surprenante. Alanna n'avait pas l'habitude qu'on la ménage ainsi.

Tenaillée par une soudaine curiosité, elle s'avança vers la double porte. Elle avait hâte, tout à coup, de découvrir leur chambre et le lit qu'ils partageaient.

C'était un lit immense. A baldaquin mais de style contemporain, de bois blanc, la couleur dominante de la maison. Il y avait peu de meubles dans la vaste pièce inondée de soleil. Le lit était flanqué de deux tables de chevet blanches. Il y avait aussi deux fauteuils en rotin et une coiffeuse, blanche elle aussi, couverte de flacons, de tubes et de pots en tous genres.

Alanna s'en approcha et ouvrit ses deux tiroirs. Ses yeux s'écarquillèrent lorsqu'elle découvrit leur contenu. Elle n'avait encore jamais vu autant de parures de lingerie ! A son grand désarroi, toutes ressemblaient à l'ensemble de satin rose qu'elle portait ce jour-là : les soutiens-gorge balconnet côtoyaient les strings et les slips brésiliens. Quant à l'autre tiroir, il regorgeait de pyjamas de soie, de caracos et de nuisettes ourlés de dentelle, de guêpières provocantes, de bas et de porte-jarretelles. Manifestement, la femme qui avait épousé Reece Diamond n'appréciait pas la simple lingerie en coton.

De plus en plus perplexe, Alanna se dirigea vers la salle de bains. Celle-ci était entièrement recouverte de marbre, du sol au plafond. La robinetterie étincelait sur les deux vasques et la baignoire-Jacuzzi. Le grand miroir qui surplombait les vasques coulissait, révélant des boîtes de médicaments et des produits de toilette.

Alanna fronça les sourcils en apercevant une boîte de somnifères. Souffrait-elle de troubles du sommeil ? Pourquoi ? Elle avait pourtant tout pour être heureuse… En apparence, du moins.

Elle haussa les épaules. Elle en avait assez de ces vaines spéculations, assez d'imaginer ce que pouvait bien être sa vie aux côtés de Reece Diamond. C'était épuisant.

Après avoir refermé le miroir, elle pivota sur ses talons et balaya la pièce d'un dernier regard. Hélas, aucun souvenir ne faisait surface dans son esprit confus. Rien ne lui paraissait familier…

Ses yeux se posèrent de nouveau sur la cabine de douche. Aménagée pour deux personnes, elle était équipée de deux pommeaux de douche et d'étagères où reposaient shampooings, gels moussants, exfoliants et masques de beauté.

Sa bouche s'assécha soudain tandis que de folles images défilaient dans sa tête. Lui arrivait-il souvent de prendre une douche avec son mari ? Que faisaient-ils d'autre dans cette vaste cabine ?

A son grand désarroi, les battements de son cœur se précipitèrent tandis que d'étranges pensées germaient en elle. Etait-ce la peur ou l'excitation qui la faisait frissonner de la sorte ?

Irritée par sa propre faiblesse, elle tourna les talons et quitta la salle de bains d'un pas décidé. Chaque chose en son temps, avait conseillé le médecin. Il ne fallait surtout pas s'énerver ni vouloir aller trop vite.

Aujourd'hui, elle se contenterait de prendre ses marques dans la maison, de se réhabituer à l'environnement qui avait été le sien avant l'accident.

Forte de ces résolutions, elle s'approcha de la penderie. A droite, des costumes et des chemises impeccablement coupés, des pantalons et des vestes plus décontractés se côtoyaient dans un ordre parfait. Décidément, son mari possédait un goût vestimentaire irréprochable.

La partie gauche était remplie de vêtements féminins. *Ses* vêtements à elle, se répéta-t-elle en contemplant les nombreux cintres et rayonnages. Elle fut frappée par l'absence de couleurs vives — sans doute était-ce encore l'influence de Darko qui détestait qu'elle attirât l'attention sur elle.

Mais lorsqu'elle commença à passer en revue ses tenues, elle s'aperçut rapidement que sa garde-robe n'avait absolument rien à voir avec les vêtements ternes et austères qu'elle était contrainte de porter avec Darko.

Ses robes de soirée lui arrachèrent un petit cri de surprise. Une en particulier la laissa pantoise. C'était une longue combinaison en satin champagne, dotée d'un décolleté plongeant et d'une ligne fluide qui devait épouser les moindres contours de son corps. Mais c'était surtout le dos qui retenait l'attention... parce qu'il était quasi inexistant ! Impossible de porter quoi que ce soit sous une robe aussi provocante... Mon Dieu, l'avait-elle déjà arborée en public ? Darko l'aurait tuée sur-le-champ s'il l'avait vue dans ce genre de tenue !

A l'autre bout du portant, une robe rouge attira son regard. C'était la seule tache de couleur dans une palette de beiges, écrus, gris et noirs. Piquée dans sa curiosité, elle s'empara du cintre et fut soulagée de découvrir une jolie robe à la coupe très sobre.

Toutes les jupes étaient courtes et moulantes, les vestes cintrées, les pantalons étroits, les hauts décolletés. Il n'y avait là que des tissus sensuels : de la soie, du satin, de la mousseline et de la dentelle. Quant à ses chaussures, elles s'harmonisaient avec ses tenues : escarpins en daim, sandales à brides délicates, bottes hautes, toutes possédaient des talons vertigineux.

Doux Jésus... que s'était-il passé, en cinq ans, pour qu'elle se métamorphose en vamp sexy ?

Heureusement, des tenues plus décontractées complétaient sa garde-robe et ce fut avec un soulagement intense qu'elle découvrit une collection de jeans, de shorts, de bas de survêtements, de T-shirts et de petits pulls.

Malgré tout, l'inspection de sa penderie n'avait fait qu'accroître la confusion qui régnait déjà en elle. Elle n'arrivait pas à croire qu'elle avait changé à ce point.

Désemparée, elle choisit un jean et un T-shirt blanc et retourna dans la salle de bains pour se changer. La sonnerie du téléphone la fit sursauter et elle braqua un regard anxieux sur l'appareil posé sur la table de chevet.

Elle n'avait pas envie de répondre, redoutant de tomber sur quelqu'un qu'elle était censée connaître mais qu'elle avait oublié.

Et si c'était Reece ?

Jetant ses vêtements sur une chaise, elle se hâta d'aller décrocher.

— Allô !

— Alanna ? C'est toi ?

Elle grimaça. C'était exactement ce qu'elle avait craint. Elle ne savait pas qui était la femme au bout du fil. Agrippée au combiné, elle se laissa tomber sur le lit en cherchant un peu d'inspiration. Elle n'avait pas envie de se lancer dans des explications compliquées sur son accident alors qu'elle ignorait l'identité de son interlocutrice.

— Euh… oui, c'est moi.

— Tu as une drôle de voix. Tu es malade ?

— Je me reposais un peu, répondit-elle tout à trac. J'ai une migraine.

— Pauvre chérie… Tu en as souvent, n'est-ce pas ?

Vraiment ?

— Je comprends mieux pourquoi nous ne t'avons pas vue au club de gym, reprit son interlocutrice sans attendre de réponse. Ça ne te ressemble pas de louper les cours deux jours d'affilée. Je suppose que tu ne pourras pas te joindre à nous ce soir. Quel dommage ! Les filles vont être très déçues.

Alanna cligna des yeux. Ainsi, elle fréquentait assidûment un club de gym et sortait le soir avec des amies. Elle était peut-être vraiment heureuse, après tout. Quel dommage qu'elle ne sache pas à qui elle s'adressait ! Elle interrogerait Reece quand il rentrerait dans la soirée.

— Je suis désolée, je ne suis pas très en forme.

— Zut… Sans toi, nos soirées manquent toujours un peu de piquant ! Tant pis, ce sera pour une prochaine fois. Repose-toi bien, en tout cas. A plus tard, Alanna !

— A plus tard…

Elle raccrocha, en proie à une frustration indicible. Des larmes emplirent ses yeux. Elle aurait tout donné pour retrouver sa mémoire. Tout. Et pas demain, ni la semaine prochaine. Elle voulait que ce petit miracle se produise aujourd'hui… Avant le retour de Reece. Elle voulait pouvoir l'accueillir à la porte d'un ton enjoué. « Bonsoir, chéri… Je suis tellement contente de te voir. Je me souviens de toi, tout est rentré dans l'ordre et oui, tu avais raison : nous *sommes* heureux, tous les deux. Je suis une épouse comblée. »

Hélas, tout au fond d'elle, Alanna craignait d'avoir épousé Reece par pur esprit de revanche, juste pour se prouver qu'elle n'était pas la petite chose minable et effrayée que Darko avait piétinée sans pitié.

« Oh, mon Dieu, pria-t-elle en donnant libre cours à ses larmes, faites que je ne sois pas devenue une créature sans cœur et sans scrupule, je vous en supplie… »

12.

Reece observait Alanna du coin de l'œil. Perdue dans ses pensées, elle jouait avec le contenu de son assiette sans avaler la moindre bouchée. Elle semblait pourtant d'humeur légère quand elle l'avait accueilli, un moment plus tôt. Pourquoi ce brusque revirement ?

— Quelque chose ne va pas ? demanda-t-il d'un ton posé.

Ils étaient assis face à face dans la cuisine, Alanna ayant refusé de s'installer dans la salle à manger.

— Non, non, s'empressa-t-elle de répondre en levant les yeux sur lui. C'est délicieux mais… je n'ai pas très faim.

— C'est ton plat thaïlandais préféré.

— Ah bon ? fit-elle d'un ton absent en promenant sa fourchette dans son assiette.

Il feignit de ne rien remarquer. Après tout, il était normal qu'elle se sente perdue. Elle ne gardait aucun souvenir des cinq années écoulées et se retrouvait de surcroît propulsée au cœur d'une sombre époque de sa vie.

— Tu veux un peu de vin ? demanda-t-il en s'emparant de la bouteille. C'est aussi ton vin préféré. Tu es une inconditionnelle des vins néo-zélandais.

Alanna porta le verre à ses lèvres et but une gorgée.

— Il est excellent, en effet. Je bois beaucoup d'alcool ? demanda-t-elle soudain, l'air préoccupé.

Désarçonné par sa question, Reece répondit avec circonspection.

— Disons que tu aimes boire un verre de vin de temps en temps. Mais je ne t'ai jamais vue ivre, si c'est ce que tu voulais savoir. Tout au plus légèrement éméchée, un soir.

— Ah bon ? A quelle occasion ?

— C'était le soir de notre nuit de noces. Nous n'avions jamais couché ensemble avant ce soir-là, expliqua-t-il en voyant ses joues s'empourprer. C'est toi qui ne voulais pas. Je comprends mieux pourquoi, à présent.

Au téléphone, sa belle-mère lui avait confié qu'Alanna n'avait eu aucune liaison depuis le décès de Darko. Croisant le regard de son épouse, il vit que la gêne avait cédé le pas à la curiosité.

— C'était comment… Je veux dire, notre première nuit ?

— C'était bien, répondit Reece, délibérément évasif.

En réalité, après bien des caresses et des paroles réconfortantes, Alanna avait enfin réussi à se détendre un peu, suffisamment en tout cas pour goûter à l'extase. Après ça, elle s'était endormie.

— Ça ne devait pas être terrible, fit-elle observer en le fixant avec attention.

— Ça s'est nettement amélioré par la suite.

Elle fronça les sourcils.

— C'est vrai ?

— Pourquoi te mentirais-je ?

Un silence chargé d'électricité les enveloppa. Submergé par une vague de désir, Reece s'empressa de changer de sujet. C'était beaucoup trop dangereux — et terriblement frustrant — d'évoquer leur vie sexuelle alors qu'il ne la sentait pas encore prête à s'offrir à lui.

— Au fait, enchaîna-t-il d'un ton faussement dégagé, j'ai appelé Natalie Fairlane ce matin. Tu sais, la directrice d'*Une femme pour la vie*. Elle passera demain, vers 10 heures. Je lui ai expliqué ce qui s'était passé, ne t'inquiète pas. La femme de ménage sera là. Elle s'appelle Jess.

Alanna se rembrunit.

— Est-elle vraiment obligée de venir ? Je peux très bien me charger du ménage jusqu'à ce que la mémoire me revienne. Ça m'occupe, tu sais. Décommande-la, Reece, je t'en prie.

Il exhala un soupir.

— Comme tu voudras.

Le soulagement se peignit sur le visage de sa femme.

— Merci. L'idée d'être confrontée à des gens que je suis censée connaître mais que j'ai oubliés me met profondément mal à l'aise. A propos, une femme m'a appelée aujourd'hui… C'était très embarrassant.

Reece haussa les sourcils.

— Qui était-ce ?

— Je n'en ai aucune idée. Apparemment, je vais à la gym avec elle… Elle a une voix haut perchée et des intonations plutôt snobs.

— Ah, c'est Lydia. Vous êtes plusieurs à vous retrouver au club de gym du quartier. Et vous sortez ensemble presque tous les mercredis soir. J'ai complètement oublié de te prévenir, je suis désolé. Je suppose qu'elle appelait pour ça.

— En effet.

— Que lui as-tu dit ?

— Rien. J'ai réussi à rester dans le vague en prétextant que j'avais une migraine. Elle n'a pas eu l'air surprise… D'après elle, cela m'arrive souvent.

— Je ne dirais pas souvent mais de temps en temps, c'est vrai.

— Je vois… Cette Lydia, c'est ma meilleure amie ?

— Non. Tu n'as pas vraiment de meilleure amie. Ces derniers temps cependant, tu as beaucoup sympathisé avec Holly.

— Holly, répéta Alanna en fronçant les sourcils. Non, ce nom ne me dit rien non plus. Qui est-ce ?

Reece lui parla d'Holly et du mariage qui avait eu lieu la veille de l'accident. Il lui dit aussi que Richard et Holly étaient partis en voyage de noces et ne rentreraient que le mois suivant.

— Je dois ajouter que tu étais absolument ravissante en demoiselle d'honneur… Cette robe rouge t'allait à merveille.

— Oh ! Je l'ai vue tout à l'heure, en inspectant le contenu de ma garde-robe. C'était ma tenue de demoiselle d'honneur ? Je comprends mieux pourquoi elle ne ressemble pas aux autres robes.

— Ce n'est pas vraiment le genre de vêtements que tu portes d'habitude mais ça t'allait divinement bien.

— Oui, j'ai… euh… il semblerait que j'aime les choses un peu… provocantes.

— J'aime ta façon de t'habiller.

— Darko m'aurait interdit de porter ce genre de vêtements.

— Je ne suis pas Darko, répliqua Reece, à la fois triste et furieux contre cet homme qui l'avait ravagée.

— Non, c'est évident, murmura-t-elle en l'enveloppant d'un regard empli d'admiration et de gratitude mêlées.

En proie à une vive émotion, il lutta de toutes ses forces contre l'envie de la prendre dans ses bras et de l'embrasser, juste pour la consoler. Son cœur se gonfla d'amour, irradiant dans tout son être.

— Je ne te ferai jamais de mal, murmura-t-il avec tendresse. Jamais.

Le regard d'Alanna s'embua.

— J'aimerais tellement me souvenir de toi, articula-t-elle d'une voix étranglée.

— Ça va venir, ne t'inquiète pas.

— Comment peux-tu dire ça ? s'écria-t-elle en essuyant ses larmes d'un revers de main. Les médecins se trompent peut-être…

Reece se força à garder son sang-froid. Elle avait besoin de lui. En aucun cas il ne devait à son tour céder à la panique.

— Nous aviserons le moment venu, déclara-t-il fermement. Tout ira bien, fais-moi confiance.

— Ce n'est pas facile pour moi de faire confiance à un homme.

— Je sais. Et pourtant, tu as appris à le faire. Sinon, tu ne m'aurais pas épousé.

Un pli songeur barra son front.

— Je suppose que tu as raison.

— Natalie te parlera de l'entretien qu'elle a eu avec toi quand tu t'es inscrite à l'agence. Elle te dira un peu dans quel état d'esprit tu te trouvais alors.

— C'est bien ce qui m'inquiète. A la vérité, je ne suis pas sûre que cette Alanna-là me plaira.

— Je ne vois pas pourquoi tu dis ça.

Une expression tourmentée assombrit le visage de sa femme.

— Elle semble si différente de ce que je suis…

— A quel titre ? Donne-moi des exemples…

— Sa garde-robe, pour commencer. J'ai trouvé dans le dressing une robe de soirée tout à fait incroyable, à la limite de la décence.

Reece esquissa un petit sourire.

— Ah oui, la fameuse robe en satin ivoire, c'est ça ? Si ça peut te rassurer, c'est moi qui te l'ai offerte. Et tu ne l'as mise qu'une seule fois. C'était un peu exagéré, je le concède, mais tu la portes divinement bien. Tu sais, la mode a beaucoup évolué en cinq ans et tu n'es pas la seule à arborer des tenues provocantes en soirée. Et puis, tu peux te le permettre, tu as un corps magnifique…

Elle rougit sous son regard pénétrant.

— Darko me trouvait trop maigre.

La mâchoire de Reece se crispa. Il commençait à en avoir assez de ce satané Darko !

— Tu es parfaite, affirma-t-il avec ferveur avant d'enchaîner, de peur de s'aventurer sur un terrain glissant. Si tu n'as plus faim, je vais débarrasser et nous préparer un bon café, qu'en penses-tu ?

— Non, je m'en occupe, protesta-t-elle. Tu as travaillé toute la journée, tu dois être fatigué.

— Tu vas y arriver ? Je veux dire, tu ne te souviens peut-être pas du contenu des placards.

— Je sais où se trouve le café, répliqua Alanna avec une pointe d'humour dans la voix. C'est la première chose que j'ai cherchée ce matin.

Il rit de bon cœur.

— Je déconseille à quiconque de t'adresser la parole avant ton premier café du matin, c'est vrai.

Elle secoua la tête.

— C'est tout de même bizarre. Je n'aimais pas le café avant… Et maintenant, j'en bois des quantités impressionnantes. C'est terrible, ce trou noir, ajouta-t-elle d'une petite voix. Je n'arrête pas de penser et de ressasser. J'ai l'impression de ne plus savoir qui je suis !

— Essaie de te détendre, je t'en prie. Tu es Alanna Diamond, déclara Reece en glissant de son tabouret. Ma femme.

*
* *

Sa femme.

Alanna avala sa salive et baissa les yeux, submergée par d'étranges émotions... Des émotions qui empourpraient ses joues et enflammaient sa peau.

Dès l'instant où il avait franchi le seuil, tenant à la main un joli bouquet de fleurs, elle s'était sentie différente en sa présence. Plus épanouie. Plus femme, tout simplement.

Chaque fois qu'elle posait les yeux sur sa bouche, elle l'imaginait en train de l'embrasser. Chaque fois qu'elle contemplait ses mains, elle l'imaginait en train de la caresser. Et quand elle n'osait plus le regarder... comme en cet instant précis... des images beaucoup plus explicites, aussi excitantes que terrifiantes, la plongeaient dans une profonde confusion. Peut-être s'agissait-il de réminiscences de scènes déjà vécues. C'était en tout cas ce qu'elle espérait.

« Essaie de te détendre », avait-il conseillé. Comment aurait-elle pu se détendre alors que son corps vibrait de désir et que des images infiniment troublantes défilaient dans sa tête dès qu'elle posait les yeux sur lui ? Non, il fallait qu'elle soit seule si elle voulait un peu de répit. Quitte à inventer un petit mensonge...

— Je... j'ai un peu mal à la tête, bredouilla-t-elle en risquant un regard vers lui. Pour de bon, cette fois.

Il fronça les sourcils, l'air inquiet.

— J'espère que ce n'est pas une migraine.

— J'espère aussi. Je prends quelque chose de spécial quand ça m'arrive ?

— Attends, je vais te donner tes médicaments, fit Reece en se dirigeant vers un placard encastré au-dessus du réfrigérateur.

Quelques instants plus tard, il posa une boîte de médicaments sur le plan de travail en granit.

— D'habitude, tu en prends deux et tu vas te coucher dans le noir. Il t'arrive parfois de prendre un somnifère pour t'endormir plus rapidement. Tu trouveras la boîte dans le placard de la salle de bains, derrière le miroir.

— Oui, je l'ai vue tout à l'heure. Je crois que je vais me passer de café, si ça ne te dérange pas. Je ferais mieux d'aller me reposer tout de suite.

Reece hocha la tête.

— Tu as raison, n'attends pas que ça s'aggrave. Laisse, je m'en occupe, ajouta-t-il comme elle commençait à débarrasser la table. Pourquoi ne prends-tu pas un bon bain chaud avant de te coucher ? Ça t'aidera peut-être à chasser la tension que tu as accumulée aujourd'hui.

Elle dissimula sa culpabilité derrière un sourire contrit.

— Oui, c'est une bonne idée. Merci encore, Reece. Pour tout.

— Tu n'as pas à me remercier, c'est normal.

Et il la gratifia d'un sourire qui lui chavira le cœur. Bouleversée, Alanna ramassa la boîte de médicaments et quitta la pièce d'un pas pressé. Elle attendit d'être au pied de l'escalier pour reprendre son souffle et monta les marches quatre à quatre, pressée d'échapper à la présence magnétique de son époux.

En atteignant la chambre à coucher, elle s'aperçut que son mensonge était en train de devenir réalité : une douleur martelait ses tempes, sourde et lancinante. C'était sa punition…

Etouffant un gémissement, elle se dirigea vers la salle de bains, avala deux antalgiques et se fit couler un bain chaud qu'elle parfuma avec des sels et du bain moussant.

Une demi-heure plus tard, elle émergea de la grande baignoire ronde. La douleur avait empiré, chaque geste, chaque pas était un véritable calvaire. En désespoir de cause, elle prit un somnifère et enfila le pyjama de soie rose qu'elle avait choisi un peu plus tôt, estimant que c'était l'ensemble le moins affriolant de tous ses déshabillés.

Terrassée par une violente migraine, elle se glissa dans le grand lit à baldaquin. Déjà, ses pensées devenaient confuses sous l'effet du somnifère. C'était exactement ce dont elle avait besoin : plonger dans un profond sommeil où rien ni personne ne viendrait la perturber. Tout oublier — vraiment tout, cette fois —, l'espace de quelques heures.

Un quart d'heure plus tard, le vœu d'Alanna fut exaucé : elle s'endormit enfin en exhalant un soupir soulagé.

Hélas, les somnifères n'avaient aucune prise sur le tumulte intérieur qui l'agitait : d'affreux cauchemars l'attendaient au cœur de la nuit, des rêves terrifiants, dominés par le danger qu'incarnait Darko, le chagrin et la déception. Des songes oppressants qui racontaient la confiance brisée et l'amour trahi.

13.

Reece était couché et s'efforçait de se concentrer sur son livre lorsqu'un cri perçant déchira le silence.

— Alanna !

Vif comme l'éclair, il bondit hors du lit et se précipita dans la chambre voisine. Là, il alluma la lumière et courut jusqu'au grand lit.

Recroquevillée au milieu du matelas, elle avait les yeux fermés.

— Non, Darko, s'il te plaît…, gémit-elle d'une voix brisée, non…

Le cœur de Reece se serra douloureusement. Même mort et enterré, ce monstre continuait à la torturer… Elle semblait terrorisée et sa petite voix suppliante le glaça.

Il devait la réveiller. Il devait l'arracher des griffes de ce passé terrifiant et la rassurer, lui dire que c'était fini, qu'elle ne risquait plus rien, qu'elle était en sécurité avec lui.

— Alanna, murmura-t-il en la secouant gentiment par les épaules.

Elle ouvrit grand les yeux et Reece y lut toute la terreur qui l'habitait.

— C'est moi, Reece. Ton mari… Tu te souviens ?

— Reece ? Oh, Reece ! articula-t-elle avant d'enfouir son visage dans ses mains, secouée de sanglots.

Une bouffée d'amour gonfla le cœur de Reece.

— Tout va bien, chérie, dit-il en s'asseyant auprès d'elle. Tu n'as absolument rien à craindre.

Comme pour prouver ses dires, il l'enlaça tendrement. L'espace d'un instant, elle se raidit entre ses bras mais, bien vite, elle se laissa aller contre lui tandis que les larmes continuaient à couler sur ses joues.

— Reece, balbutia-t-elle en l'enlaçant à son tour. Reece…

— Oui, je suis là. Chut… Ça va aller, murmura-t-il en caressant ses cheveux.

Combien de temps restèrent-ils ainsi, blottis l'un contre l'autre ? Un quart d'heure, peut-être plus. Il n'aurait su le dire. Tout comme il n'aurait su dire à quel moment précis ses caresses et ses mots apaisants se transformèrent en gestes plus langoureux.

Trop longtemps contenu, tout le désir qu'il éprouvait pour elle était monté en lui insidieusement, et sans qu'il puisse s'expliquer comment, il se retrouva en train de l'embrasser. Prudemment d'abord, puis, très vite, avec une passion débordante.

Après un bref moment d'hésitation, Alanna répondit à son baiser avec la même ardeur et un grisant sentiment de victoire l'envahit. Si elle ne se souvenait pas de lui consciemment, son corps le faisait. Il le clamait haut et fort tandis que leurs langues se mêlaient dans un baiser avide.

Elle laissa échapper un gémissement de protestation lorsqu'il abandonna ses lèvres. Se redressant sur un coude, il plongea dans son regard voilé.

— Alanna, quelques baisers ne me suffiront pas, avoua-t-il d'une voix rauque. Si tu préfères que nous en restions là, il faut le dire tout de suite.

Elle ne souffla mot. Ils se contemplèrent un long moment, comme hypnotisés. Finalement, n'y tenant plus, il reprit la parole.

— Dis quelque chose, je t'en prie.

Il saurait refouler son désir s'il le fallait, il l'aimait trop pour risquer de l'effrayer. En attendant, chaque seconde écoulée le mettait au supplice.

— Oui, murmura-t-elle enfin sans cesser de le regarder.

Reece retint un grondement de frustration.

— Tu préfères que nous arrêtions ?

— Non !

Une onde de chaleur le fit frissonner. Jamais encore il n'avait eu autant envie d'elle.

— Oh, Alanna, chuchota-t-il en caressant son joli visage d'une main tremblante.

Sur le point de lui avouer son amour, il se mordit la lèvre. C'était encore trop tôt. Au lieu de parler, il captura de nouveau sa bouche et l'embrassa avec une fougue et une tendresse mêlées.

Il brûlait d'envie de lui donner du plaisir, de lui offrir tout son amour sans avoir à l'exprimer verbalement. Il y avait encore peu de temps, il prenait les sentiments qu'il éprouvait pour du désir pur. Mais il se trompait, il l'avait compris depuis. Cette nuit, il lui ferait l'amour avec tout ce qu'il ressentait pour elle, en espérant de tout son cœur qu'elle connaîtrait le bonheur entre ses bras.

Il releva la tête et rencontra le regard éperdu de son épouse. Sans cesser de la contempler, il entreprit de déboutonner sa veste de pyjama, guettant le moindre signe de panique, la moindre protestation.

Au lieu de quoi, Alanna aspira une grande bouffée d'air.

Ses doigts hésitèrent un instant sur le dernier bouton. En écartant enfin les pans de soie sur sa poitrine frémissante, il retint son souffle. C'était comme s'il découvrait son corps magnifique pour la première fois. Comme s'il le sentait vibrer sous ses mains pour la première fois.

Lorsque ses doigts effleurèrent délicatement ses tétons durcis par le désir, il entendit sa respiration s'accélérer. Elle fixait sur lui ses grands yeux implorants et ses lèvres entrouvertes l'invitaient à reprendre ses caresses dans une supplique muette.

Encouragé par sa réaction, il se pencha sur sa poitrine et captura son téton droit qu'il titilla délicatement du bout de la langue.

Alanna poussa un petit cri en s'arquant contre lui.

Il releva brièvement les yeux. Cette fois, ses paupières étaient closes, sa tête rejetée en arrière en signe d'abandon total. Grisé par le désir de sa compagne, il reporta son attention sur sa poitrine, caressant, taquinant et suçotant jusqu'à ce qu'elle laisse échapper de longs gémissements de plaisir. Electrisé, il s'efforçait de rester doux et patient alors même qu'un brasier consumait son corps.

A sa grande surprise, ce fut elle qui manifesta la première son impatience. Avec des gestes fébriles, elle le débarrassa de son caleçon puis ôta le bas de son pyjama.

— Tu es sûre ? demanda-t-il une dernière fois en achevant de se déshabiller.

— Oui…

Puis elle s'allongea et, l'agrippant par les épaules, l'invita à venir sur elle. Ils gémirent à l'unisson lorsqu'ils s'unirent, happés par un tourbillon d'émotions intenses et inédites.

— Ne ferme pas les yeux, pria-t-il d'une voix rauque avant de bouger lentement en elle.

Dans un soupir, elle plongea ses yeux dans les siens et il vit le plaisir les assombrir progressivement, tandis qu'ils ondulaient sur un rythme langoureux.

Il gémit en la sentant se resserrer autour de lui, comme un délicieux étau.

— Reece…

Il se figea sur-le-champ, dans l'expectative.

— Non… non, n'arrête pas, implora-t-elle d'une voix entrecoupée.

— Tes désirs sont des ordres. Bouge avec moi maintenant, laisse-toi aller.

Quelques instants plus tard, elle souleva ses hanches et cria, parcourue par d'exquises vagues de plaisir. Reece ne tarda pas à lui faire écho. Ses épaules frémirent, son dos se cambra. Son esprit explosa en même temps que son corps.

Et ce fut à travers les brumes de l'extase, alors qu'ils reprenaient lentement leur souffle, collés l'un à l'autre, qu'une pensée le traversa, encore plus fulgurante que ce qu'ils venaient de vivre.

Sur le calendrier de la cuisine, Alanna avait entouré ce jour-là d'un grand cercle rouge…

Elle ne se souviendrait peut-être jamais de lui. Elle ne l'aimerait peut-être jamais. Mais elle porterait son bébé.

Reece en avait la certitude.

14.

Alanna se réveilla en sursaut. Avec toute sa mémoire.

— Oh ! s'écria-t-elle dans un élan d'allégresse. Oh, merci, mon Dieu !

C'était à peine croyable, elle se souvenait de tout !

Mieux encore, toute la confusion et l'angoisse qui pesaient sur elle depuis quelques jours s'étaient volatilisées. Elle n'avait plus peur. Elle savait qui elle était et d'où elle venait. C'était comme une renaissance, un lumineux retour à la vie.

Reece ! Il fallait absolument qu'elle lui annonce la bonne nouvelle !

Mais à côté d'elle, le lit était vide et…

— Seigneur ! s'exclama-t-elle en consultant le réveil posé sur sa table de chevet.

Il était 9 h 15. L'euphorie qui l'animait vacilla un peu lorsqu'elle comprit que Reece était parti travailler. Elle aurait tant aimé lui annoncer la nouvelle tout de suite en le serrant dans ses bras !

Au même instant, elle aperçut la carte de visite qu'il avait posée à côté du réveil. Ce n'était pas la première fois qu'il lui laissait un petit message de cette manière. D'un geste fébrile, elle s'en empara et la retourna.

— « Je n'ai pas le cœur de te réveiller, tu dors si bien, lut-elle à voix haute. Je t'appellerai à l'heure du déjeuner. Repose-toi. Tendrement, Reece. »

Un soupir béat s'échappa de ses lèvres tandis qu'elle contemplait l'empreinte de sa tête sur l'oreiller voisin.

Etait-ce grâce à ses tendres caresses qu'elle avait retrouvé la mémoire ? Etait-ce son étreinte langoureuse qui avait percé le voile d'angoisse qui l'étouffait depuis leur accident ?

Oui, sans aucun doute.

Reece serait ravi. Ça n'avait pas dû être facile de vivre avec une femme qui ne voyait en lui qu'un parfait inconnu. Et pourtant, il avait fait preuve d'une grande douceur, d'une patience infinie.

Il fallait absolument qu'elle le prévienne. Qu'elle lui annonce la grande nouvelle et qu'elle le remercie.

Pourtant, au moment où elle s'apprêtait à décrocher le combiné, une timidité inexplicable l'envahit. Son estomac se noua au souvenir de la nuit passée. Elle se revit en train de pleurer, recroquevillée sur le lit, tétanisée par la peur puis, quelques instants plus tard, blottie dans les bras de Reece, tremblante de désir. Un désir puissant, irrésistible.

Le doute n'était pas permis, elle était bel et bien redevenue la femme libérée et sensuelle qui s'était révélée à Reece juste avant l'accident ; leur nuit d'amour avait agi comme un déclic sur sa mémoire anesthésiée. Elle n'avait pas à rougir de son comportement, sa nature avait repris le dessus, c'était ainsi.

A la vérité, elle avait vécu une expérience extraordinaire dans les bras de Reece. C'était un homme merveilleux. Sa mère avait raison quand…

— Oh, mon Dieu ! s'écria Alanna en se redressant.

Etouffant un gémissement, elle s'empara du combiné et composa le numéro qu'elle connaissait par cœur. Reece attendrait un peu, elle devait à tout prix rassurer sa mère.

— Maman, je suis désolée ! déclara-t-elle d'un trait dès que celle-ci décrocha.

— Alanna ! fit sa mère d'un ton soulagé. Tu as retrouvé la mémoire !

— Oui ! Je me suis réveillée ce matin, avec toute ma tête, expliqua-t-elle non sans humour. Oh, maman, j'espère que tu ne m'en veux pas…

— Ne sois pas ridicule, ma chérie. Reece m'a expliqué la situation et j'ai parfaitement compris.

— J'espère. Je m'en voudrais tellement de t'avoir fait de la peine. Tu m'as accueillie à bras ouverts quand je suis venue me réfugier chez toi après la mort de Darko. Je ne sais pas ce que je serais devenue sans toi.

— Tu t'en serais sortie, affirma sa mère. Tu es très forte, Alanna.

— Comment peux-tu dire ça ? Je suis restée mariée trois ans durant à un monstre. Si j'avais été aussi courageuse que tu le prétends, je l'aurais quitté.

— Tu l'aimais.

— Au début, oui…

— Toi et moi savons pertinemment pourquoi tu ne l'as pas quitté, Alanna. Il faut avoir vécu ce genre d'expérience pour comprendre.

— Tu as sans doute raison. J'aurais tellement voulu…

— Cesse de ressasser le passé, coupa sa mère. Tu as tourné la page, ma chérie. Aujourd'hui, tu es mariée à un homme formidable et tu mènes une vie confortable. Reece t'aime beaucoup, Alanna. Alors oublie le passé et concentre-toi plutôt sur le présent et l'avenir.

— Entendu, maman, murmura-t-elle en jetant un coup d'œil au réveil.

Il était 9 h 40. Soudain, une sonnette d'alarme retentit dans son cerveau.

— Mon Dieu, maman, je viens juste de me rappeler que j'attends de la visite et je ne suis même pas habillée !

— File te préparer. Je suis heureuse que tout soit rentré dans l'ordre, ma chérie. Embrasse Reece de ma part.

— Je n'y manquerai pas, maman.

Et elle raccrocha.

Il lui restait vingt minutes avant l'arrivée de Natalie Fairlane. Ses pensées se tournèrent de nouveau vers Reece et elle eut soudain très envie d'aller lui annoncer la nouvelle de vive voix. Il lui manquait terriblement. Elle désirait plus que tout sentir sa présence, se noyer dans ses yeux clairs. Pourquoi attendre ce soir ? La journée serait interminable si elle ne se décidait pas à aller le rejoindre.

Mais d'abord, il lui fallait se préparer et expliquer la situation à Natalie qui s'était gentiment donné la peine de passer la voir dans l'espoir de lui rafraîchir la mémoire. C'était inutile, désormais. Alanna se souvenait parfaitement de son état esprit quand elle avait frappé à la porte de l'agence…

C'était une ancienne victime, fière de son statut de rescapée, qui s'était adressée à Natalie le jour de l'entretien. Une femme qui assumait pleinement ce qu'elle était, qui savait ce qu'elle voulait et qui se sentait prête à tout pour l'obtenir.

Elle voulait la sécurité matérielle. Un mari séduisant qui la respecterait pour ce qu'elle était.

Et un bébé.

Alanna plaqua une main sur sa bouche.

Un bébé !

Sans se donner la peine de s'habiller, elle descendit dans la cuisine à la vitesse de l'éclair et courut se poster devant le calendrier accroché à côté du réfrigérateur.

Son cœur fit un bond dans sa poitrine lorsqu'elle aperçut le grand cercle rouge qui entourait le jour précédent, encadré avant et après par deux cercles plus petits. Ses jours d'ovulation…

Reece était-il au courant ?

Probablement pas. L'envie d'être père ne le taraudait pas autant qu'elle celui d'être mère. Parfois même, Alanna avait l'impression qu'il désirait fonder une famille juste pour lui faire plaisir.

En attendant, un frisson de pur bonheur lui parcourut le dos tandis que son regard se posait de nouveau sur le cercle rouge.

Il était encore trop tôt pour qu'elle confie ses espoirs à Reece. Et puis, elle ne voulait surtout pas se bercer de fausses joies.

Malgré tout, c'était plus fort qu'elle, comme une conviction intime… Elle avait la nette sensation qu'un petit miracle s'était produit la nuit dernière.

Instinctivement, ses mains se posèrent sur son ventre.

— Est-ce que tu m'entends, mon bébé ? murmura-t-elle d'une voix nouée par l'émotion. Oui, je sais que tu es là. Nous allons prendre le ferry et rendre une petite visite à ton père, continua-t-elle d'un ton léger en regagnant sa chambre. C'est plus rapide que la voiture. J'espère que tu n'auras pas le mal de mer…

Un sourire espiègle aux lèvres, elle entreprit de se préparer.

15.

La brise marine ébouriffait l'épaisse chevelure d'Alanna. Installée sur le pont avant du ferry, elle avait hâte d'arriver à destination, impatiente d'annoncer à Reece qu'elle se souvenait de lui, de leur mariage… de tout !

Natalie Fairlane avait paru soulagée et sincèrement heureuse lorsque Alanna lui avait dit qu'elle avait retrouvé la mémoire. La jeune femme s'était confondue en excuses pour le déplacement inutile, mais Natalie ne lui en avait pas tenu rigueur. En apprenant qu'Alanna s'apprêtait à annoncer la grande nouvelle à Reece, elle l'avait incitée à partir sur-le-champ. Son expression ravie lui avait fait chaud au cœur. Lors de leur entrevue, elle s'était sentie très proche de cette femme qui partageait sa conception un brin cynique du couple et des grands sentiments.

Les choses avaient bien changé depuis. En ce qui la concernait, en tout cas. Aujourd'hui, elle se sentait d'humeur incroyablement romantique ; c'était comme si un voile s'était levé devant ses yeux. Des sentiments aussi troublants que grisants l'animaient.

Le ferry accosta enfin à Circular Quay et elle se dirigea vers le gratte-ciel qui abritait les bureaux de Reece. Et s'il n'était pas là ? songea-t-elle soudain. Il avait très bien pu s'absenter pour se rendre sur un site qu'il projetait d'acquérir. A moins qu'il ne soit allé déjeuner avec un de ses architectes. Ou un ingénieur, ou un client, comme il en avait l'habitude.

Heureusement, il n'était que midi et Reece déjeunait rarement avant 13 heures. Elle pressa le pas. Avec un peu de chance, elle le surprendrait assis à son bureau, plongé dans un dossier. Elle marchait aussi vite que le lui permettait le tailleur en daim chocolat qu'elle avait choisi de porter. Avec la petite jupe droite et la veste mi-longue, cintrée à la taille, elle arborait un polo en maille fluide qui mettait en valeur sa poitrine menue. Ses bottines en cuir noir étaient assorties à son sac à main orné d'anses de bois.

Quelques minutes plus tard, elle traversait la rue en direction de l'entrée de l'immeuble. Son cœur battait de plus en plus vite dans sa poitrine. La simple idée de revoir Reece l'emplissait d'une joie indicible. Elle longea la vitrine d'une brasserie à la mode où elle avait déjeuné plusieurs fois avec lui, et poussa les grandes portes de verre fumé.

Elle traversait le vaste hall de réception en direction de la rangée d'ascenseurs lorsqu'un bref coup d'œil sur sa droite la stoppa dans son élan. L'espace d'un instant, son cœur cessa de battre.

Derrière la paroi vitrée qui séparait la brasserie du hall de réception se trouvait son mari, assis à une table.

Il n'était pas seul. Une femme était assise en face de lui. Une blonde à la beauté renversante.

En posant les yeux sur elle, Alanna eut l'impression de recevoir une gifle.

C'était Kristine, l'ex-fiancée de Reece.

Alanna ne la connaissait pas personnellement, bien entendu, mais elle avait vu une photo d'elle sur le bureau de son mari, au début de leur mariage. Et lorsqu'elle l'avait questionné sur l'identité de cette magnifique créature, il lui avait répondu sans ciller.

Ce jour-là, Alanna avait regardé longuement la photo de la femme dont il avait été follement amoureux. Avec ses longs cheveux dorés, ses grands yeux bleus, sa bouche sensuelle, sa poitrine plantureuse et ses jambes interminables, elle ressemblait à une poupée Barbie. Tout simplement irrésistible…

Clouée sur place, Alanna la contemplait de nouveau aujourd'hui, mais cette fois en chair et en os. Elle était en proie à un tumulte d'émotions. Kristine posa la main sur celle de Reece dans un geste très intime. Et ce dernier ne chercha pas à la retirer.

Le souffle coupé, elle réprima une grimace de douleur. Une main glacée lui étreignait le cœur en même temps qu'une bouffée de jalousie montait en elle.

C'était *son* mari. *Son* homme. *Son* amant.

Il était hors de question qu'elle le partage avec une autre. Elle l'*aimait.*

Cette évidence la stupéfia.

Non, elle ne voulait pas retomber dans ce piège-là, surtout si son amour attisait un tel sentiment de jalousie ! Ce sentiment était une vraie malédiction. Il aveuglait les esprits et détruisait les vies.

Mais l'aiguillon de la jalousie continuait sans répit à lui transpercer le cœur. Elle sentait monter en elle une colère irrésistible.

Au prix d'un effort surhumain, elle résista à l'envie d'entrer en trombe dans le restaurant et de gifler la tentatrice. Non, elle ne reproduirait pas ce que lui avait fait subir Darko, c'était trop ignoble ! Effrayée par la violence de sa réaction, elle se hâta en direction des ascenseurs et s'engouffra dans la première cabine. Dieu merci, elle était vide. Pour rien au monde elle n'aurait voulu que quelqu'un la surprenne dans cet état-là.

Parce que la jalousie était laide. Et toxique.

Lorsque l'ascenseur s'immobilisa au douzième étage de la tour, elle s'était suffisamment ressaisie pour pénétrer dans le hall d'accueil avec son assurance coutumière.

— Bonjour, Katie ! lança-t-elle d'un ton faussement léger.

La stupéfaction se peignit sur le visage de la secrétaire.

— Alanna ! Dieu soit loué, vous me reconnaissez !

— Oui, j'ai enfin retrouvé la mémoire. C'est merveilleux, n'est-ce pas ?

— C'est formidable, oui ! Quand est-ce arrivé ?

— Ce matin, en me réveillant. Je voulais appeler Reece pour le prévenir mais j'ai préféré venir lui annoncer la bonne nouvelle en personne.

Alanna feignit d'ignorer la lueur de gêne qui brilla un instant dans le regard de Katie.

— Il... n'est pas dans son bureau pour le moment. Il est descendu prendre un café. Mais il ne devrait pas tarder à remonter. Je vais l'appeler sur son portable, si vous voulez.

Elle se força à sourire.

— Oui, je vous remercie. Je vais l'attendre dans son bureau, ajouta-t-elle avant de se diriger vers la porte qu'elle referma d'un coup sec.

Mieux valait qu'elle fût seule si elle voulait se reprendre avant l'arrivée de Reece. Que lui dirait-il quand elle le questionnerait ? S'il n'avait rien à se reprocher, il lui dirait la vérité, à savoir qu'il avait pris un café en compagnie de son ex.

Après avoir remis un peu d'ordre dans ses cheveux, elle se mit à arpenter la pièce d'un pas nerveux. Soudain lasse, elle s'arrêta pour admirer la vue qui s'offrait à elle. Hélas, rien n'y faisait. Elle était incapable de penser à autre chose qu'à Reece et sa chère Kristine. Que fabriquait-il, bon sang ? Etait-ce si long de prendre congé d'elle et de monter la rejoindre ?

Au bout de ce qui lui parut être une éternité, la porte du bureau s'ouvrit à toute volée et Reece fit son apparition, plus séduisant que jamais, son beau visage rayonnant de bonheur.

— Alanna ! Tu es resplendissante, ma chérie ! s'écria-t-il en refermant la porte derrière lui.

Il fut près d'elle en quelques enjambées.

— Tu as retrouvé la mémoire, n'est-ce pas ?

Elle se raidit légèrement lorsque son mari l'entoura de ses bras.

— Comment le sais-tu ? Katie te l'a dit ?

Le sourire de Reece s'épanouit tandis qu'il l'attirait tout contre lui.

— Non, j'ai simplement fait marcher ma tête. Comment serais-tu venue jusqu'ici si tu ne t'étais pas souvenue de l'adresse ?

— Elle figure sur la carte de visite que tu m'as laissée en partant, répliqua-t-elle d'un ton assez froid.

Il parut décontenancé puis partit d'un rire amusé.

— Arrête de me faire marcher, petite farceuse. Tu as bel et bien retrouvé la mémoire. Sinon, pourquoi te serais-tu donné la peine de venir jusqu'ici, dans un de tes tailleurs préférés, de surcroît ? Non, tu es redevenue mon Alanna... Celle que j'ai découverte il n'y a pas si longtemps que ça, ajouta-t-il d'une voix sensuelle.

Son baiser langoureux dissipa pendant quelques instants la jalousie qui la consumait. Mais à peine eut-il abandonné ses lèvres qu'elle céda de nouveau à ce sentiment dévastateur.

— J'étais déçue de ne pas te trouver ici, commença-t-elle d'un ton suave. Où étais-tu ?

— En bas, je prenais un café.

— Seul ?

— Non. J'étais avec une vieille connaissance.

— Ah oui ? Qui ça ?

— Tu ne connais pas.

Son demi-mensonge fut comme un coup de couteau planté en plein cœur.

— Que dirais-tu d'aller déjeuner au Rockpool ? reprit-il en souriant. Je vais demander à Katie de réserver une table.

Elle se mordit la lèvre. Elle était en train de vivre un de ces moments où tout se joue, où une existence tout entière peut basculer. Qu'allait-elle décider ? Allait-elle le mettre au pied du mur au sujet de Kristine, ou allait-elle faire comme s'il ne s'était rien passé ?

Tout à coup, elle pensa au bébé qu'ils avaient très probablement conçu ensemble la nuit dernière. Un enfant avait le droit de vivre avec ses deux parents.

— Alanna ? Quelque chose ne va pas ?

La voix pressante de Reece l'obligea à prendre une décision.

— Pas du tout. J'étais juste en train de me poser une question : savais-tu que la nuit passée correspondait à la période la plus féconde de mon cycle ?

— Bien sûr, répondit-il en l'enveloppant d'un regard tendre qui lui réchauffa le cœur.

Après tout, peut-être avait-il croisé Kristine tout à fait par hasard ? Peut-être n'en disait-il pas davantage pour ne pas l'inquiéter.

Mais peut-être pas…

— Es-tu tout à fait sûr de vouloir des enfants avec moi, Reece ?

— Bien sûr que je le veux, quelle question ! Viens, allons célébrer ton rétablissement devant un bon repas gastronomique.

Le cœur plus léger, elle le suivit sans protester lorsqu'il la prit par la main pour l'entraîner hors du bureau. Ils traversèrent le hall de réception comme deux gamins qui s'apprêtent à faire l'école buissonnière.

Si seulement elle n'avait pas lancé un dernier regard en direction de Katie pour lui dire au revoir… Car la secrétaire affichait à présent une expression ouvertement soulagée, comme si une crise grave venait d'être évitée de justesse.

Immanquablement, l'image de Kristine s'imposa de nouveau à Alanna. « Mon Dieu, je vous en supplie, faites que ce ne soit pas ça… », pria-t-elle en silence, en proie à une sourde angoisse.

Etait-il possible que Reece fût toujours amoureux de son ex-fiancée ?

Si elle se sentait capable de vivre auprès de Reece sans recevoir son amour, elle ne supporterait pas, en revanche, de vivre auprès de lui alors qu'il en aimait une autre.

16.

C'était étrange, Alanna n'était pas tout à fait comme avant, songea Reece en la regardant manger de bon appétit. Elle était trop gaie, trop bavarde... Beaucoup trop expansive.

La femme qu'il avait épousée était discrète. Sûre d'elle, certes, mais pleine de retenue.

L'amnésie dont elle avait souffert semblait l'avoir transformée. Etait-ce parce que les tristes souvenirs de son mariage avec Darko l'habitaient encore et qu'elle s'efforçait de les chasser en prenant justement le contre-pied ?

Elle ignorait à quel point il admirait sa force de caractère, sa détermination sans faille. Jeter aux oubliettes un passé aussi traumatisant n'avait pas dû être une mince affaire.

En comparaison, son idylle malheureuse avec Kristine ne représentait pas grand-chose. Rétrospectivement, il n'avait pas eu de mal à tourner la page. Il en avait pris pleinement conscience aujourd'hui même, en revoyant son ex-fiancée.

Elle ne manquait tout de même pas de toupet... Ou bien elle était complètement idiote ! Venir le trouver à son bureau comme ça, à l'improviste, dans l'espoir qu'il lui tomberait dans les bras en lui pardonnant tout le mal qu'elle lui avait fait ! C'était incroyable...

Lorsqu'elle avait fait mine de vouloir l'embrasser, sous les yeux d'une Katie éberluée, il s'était empressé de l'inviter à prendre un café.

Mais la froideur qu'il lui avait témoignée n'avait pas calmé ses ardeurs. Elle lui avait pris la main alors qu'il essayait de la raisonner et, devant la fermeté de son étreinte, il avait jugé inutile de protester. En aucun cas il ne voulait causer de scène en public. Il n'avait éprouvé qu'une seule émotion alors qu'elle lui présentait des excuses d'une voix implorante : de la stupéfaction. Oui, il était stupéfait de s'être cru un jour amoureux de cette femme.

Elle avait prétendu l'aimer encore et elle était sûre qu'il éprouvait toujours des sentiments pour elle, avait-elle ajouté comme pour mieux s'en persuader. En entendant pareilles inepties, il l'avait remise à sa place en termes clairs et catégoriques. Kristine avait fondu en larmes.

Dieu merci, Katie l'avait appelé sur son portable à ce moment précis : Alanna l'attendait dans son bureau. Il était temps de mettre un terme à cette mascarade presque cocasse. Il lui avait pourtant fallu plusieurs minutes pour prendre congé de Kristine. Désireux d'éviter un scandale, il avait appelé un taxi et s'était assuré qu'elle montait bien dedans. Il n'avait aucune envie qu'elle le suive dans son bureau… Inévitablement, Alanna en tirerait des conclusions aussi hâtives qu'erronées.

La voix de cette dernière le tira de ses réflexions.

— Je ne sais pas quel dessert choisir, murmura-t-elle en haussant ses épaules délicates.

— Que dirais-tu d'un truc plein de sucre et de beurre ? fit-il d'un ton taquin.

L'inquiétude voila aussitôt ses grands yeux verts.

— Tu me trouves trop maigre ?

— Pas du tout. Simplement, tu n'es plus toute seule… L'aurais-tu déjà oublié ?

A son grand soulagement, le visage de son épouse s'éclaira instantanément. C'était toujours comme ça, avec Alanna. Dès qu'on parlait bébé, elle était heureuse.

— Et si je me trompais..., dit-elle sur un ton soudain sérieux.

— Ne te mets pas martel en tête, ma chérie. L'espoir est une très bonne chose.

Pour sa part, il espérait de tout son cœur qu'elle finirait par l'aimer.

Il étouffa un juron en entendant la sonnerie de son portable. Pourquoi ne l'avait-il pas éteint ? Avec une grimace contrite, il prit l'appareil et le porta à son oreille.

— Oui ?

— Reece, c'est Jake. Excuse-moi de te déranger à l'heure du déjeuner mais c'est assez urgent. Tu te souviens du terrain sur la Gold Coast, celui que tu rêves d'acheter depuis pas mal de temps ? Un ami à moi m'a laissé entendre qu'il allait être mis en vente sur le marché ce week-end. L'annonce paraîtra dans le journal de demain. Si tu y vas dès aujourd'hui, tu seras le premier sur les rangs.

— Aujourd'hui, répéta Reece en croisant le regard d'Alanna.

— C'est un emplacement unique. En bordure de mer. Le genre d'affaire qui ne se représente pas deux fois, même dans le contexte actuel.

— Oui, je sais. Et si je pars demain ?

— Il n'y a pas de vols en début de matinée à destination de la Gold Coast.

— Je vois.

— Veux-tu que je demande à Katie de te réserver une place dans le prochain avion ? Avec une voiture de location et une suite à Coolangatta Court ?

Reece hésitait, tiraillé entre l'envie de rester auprès de sa femme — après tout, c'était un jour important pour eux, à plus d'un titre — et le désir de conclure au plus vite une affaire exceptionnelle. En tant que futur père de famille, il se devait de songer à l'avenir matériel de son foyer. S'il achetait ces terrains, sa famille serait à l'abri du besoin jusqu'à la fin de ses jours.

— D'accord, dit-il enfin.

— Génial.

Il raccrocha et rangea le téléphone dans sa poche, l'air préoccupé.

— Je suis désolé, ma chérie, mais je dois partir cet après-midi pour la Gold Coast. Avec un peu de chance, je rentrerai dès demain… Après-demain si les négociations traînent un peu.

Sur le point de l'inviter à l'accompagner, il se ravisa. Il ne l'avait encore jamais fait. Alanna n'apprécierait sans doute pas.

— Oh…, murmura-t-elle avec une moue dépitée. Tant pis. Le devoir t'appelle, je comprends. J'inviterai peut-être ma mère à venir me voir. Je l'ai appelée, à propos, et je me suis excusée de n'avoir pas donné de nouvelles plus tôt.

— Tu as bien fait. J'avais peur qu'elle réagisse mal.

— Non, maman est très compréhensive, tu sais. Bon, avec ce changement de programme, je crois que je vais me passer de dessert, conclut-elle en reposant la carte sur la table. J'imagine que tu vas devoir repasser à la maison pour prendre quelques affaires.

— Je n'aurai pas le temps, hélas. Je partirai avec le sac de voyage que je garde au bureau. Il faut que je file, Alanna, ajouta-t-il en faisant signe au serveur pour régler l'addition. Je vais leur demander de t'appeler un taxi.

— Merci.

Cinq minutes plus tard, Reece la regarda s'éloigner en voiture, envahi par une soudaine morosité. Ce qu'il appréciait autrefois chez sa femme l'emplissait à présent d'une intense frustration. Il aurait aimé qu'elle le questionne sur son emploi du temps, qu'elle ne soit pas aussi conciliante quand il partait ainsi à l'improviste.

Il aurait pourtant juré que l'Alanna qui s'était révélée à lui le week-end dernier… et la nuit passée… aurait insisté pour l'accompagner sur la Gold Coast.

Décidément, son épouse demeurait une véritable énigme pour lui. Voici qu'au moment où il croyait mieux la connaître, elle lui échappait de nouveau…

Une chose était sûre, en tout cas : il l'aimait. Plus que tout au monde. Et l'idée de passer une nuit sans elle lui répugnait. Déjà, elle lui manquait.

Un soupir s'échappa de ses lèvres. Il conclurait cette fichue vente au plus vite et serait de retour à Sydney dès le lendemain.

17.

L'angoisse qui tenaillait Alanna devint insupportable au fil des heures. Incapable de se concentrer sur quoi que ce soit, elle errait comme une âme en peine dans la grande maison vide. Une pensée obsédante la torturait sans relâche : ce n'était pas pour conclure une affaire que Reece était parti sur la Gold Coast, non… C'était pour y rejoindre sa maîtresse, son ex-fiancée, la sulfureuse Kristine.

N'était-ce pas une coïncidence troublante qu'elle les ait surpris ensemble quelques heures seulement avant que Reece ne soit obligé de s'absenter à l'improviste ?

La jalousie s'immisçait sournoisement dans ses pensées, tel un serpent venimeux. Quel sentiment abject ! Parfaitement incontrôlable, hélas…

Elle laissa échapper un gémissement tandis que d'horribles images défilaient dans son esprit confus. Son mari et cette femme tendrement enlacés dans une chambre d'hôtel.

Aveuglée par le désespoir, elle courut dans la cuisine, décrocha le téléphone et enfonça la touche numéro deux. Les numéros de téléphone des meilleurs amis de Reece étaient programmés dans le répertoire. Richard figurait en première position et Mike en seconde.

En dansant avec elle le soir du mariage, Mike lui avait laissé entendre qu'elle ne savait pas tout sur la relation qu'avait entretenue Reece avec Kristine. Eh bien, qu'il le veuille ou non, il lui raconterait l'histoire de a à z !

Les sonneries se succédèrent. « Mon Dieu, faites qu'il soit chez lui... »

— Mike Stone à l'appareil.

— Mike ! Dieu merci, tu es chez toi !

— Alanna ? C'est toi ?

— Oui... oui, c'est moi. Je...

— Tu as retrouvé la mémoire ! coupa Mike d'un ton enjoué.

Elle esquissa une grimace.

— Reece t'avait mis au courant ?

— Bien sûr. Le pauvre était mort d'inquiétude.

— Vraiment ? fit-elle d'un ton dubitatif. Ecoute, Mike, ce n'est pas pour ça que je t'appelle. Tu te souviens, samedi dernier, tu as refusé de me raconter ce qui s'était vraiment passé le jour où Kristine a quitté Reece ?

— Oui, pourquoi ?

— Il faut que tu me dises la vérité, Mike. Il le faut, tu m'entends ?

— Alanna, je...

— Je crois qu'il est parti avec elle. Avec Kristine.

— *Quoi ?* C'est impossible.

— Je les ai surpris dans un café en ville, aujourd'hui, et ils semblaient plutôt intimes. J'étais venue dire à Reece que j'avais retrouvé la mémoire. Pendant le déjeuner, il a reçu un coup de téléphone et le voilà qui m'annonce tout à trac qu'il doit partir sur la Gold Coast pour régler une affaire urgente et qu'il y restera un jour ou deux. Désolée, Mike, je ne crois pas aux coïncidences. Il est toujours amoureux d'elle, n'est-ce pas ?

— Mais non, voyons !

— Raconte-moi ce qui s'est passé le jour de leur rupture.

Il soupira.

— Je t'en prie, insista-t-elle d'une voix implorante. A ton avis, pour quelle raison m'a-t-il épousée ? Tu es l'un de ses meilleurs amis, tu dois être au courant.

— Bon sang, c'est du passé, tout ça. Les choses ont changé depuis. Reece a changé.

— Je t'en prie, Mike, arrête de vouloir le protéger. Dis-moi la vérité, je suis prête à l'entendre. Je ne supporte pas le mensonge.

Un silence gêné accueillit ses paroles.

— S'il te plaît, Mike.

— Bon, d'accord, accepta-t-il enfin en exhalant un soupir résigné. Mais je continue de penser que tu fais fausse route.

Et il lui raconta... Comment Kristine avait fait l'amour à Reece ce jour-là, pendant plusieurs heures, semblant vouloir assouvir tous ses fantasmes. Ensuite, elle s'était levée et, dardant sur lui un regard lourd de mépris, elle lui avait froidement annoncé qu'elle le quittait. Quand il serait seul dans son grand lit, avait-elle ajouté d'un ton sarcastique, il aurait tout le loisir de l'imaginer dans les bras de son nouvel amant, en train de faire l'amour avec la même ardeur, la même fougue qu'elle lui avait témoignées ce jour-là.

En se dirigeant vers la porte, la tête haute, le regard hautain, elle avait simplement ajouté qu'elle l'aimait encore.

— Pourquoi l'a-t-elle quitté si elle l'aimait ? demanda Alanna, en proie à des émotions contradictoires.

— Pour une histoire d'argent. Reece refusait de vendre l'immense terrain dans lequel il avait placé tout son argent. Les taux d'intérêt le saignaient à blanc. Il aurait pu vendre, à perte, bien sûr... Mais il ne voulait rien entendre. Il savait que ces terrains se vendraient une petite fortune d'ici un an ou deux. En attendant, il était prêt à se serrer la ceinture. Mais pas Kristine. C'est une femme vénale, seul l'argent l'intéresse. Si elle s'était montrée plus patiente, elle aurait eu tout ce qu'elle voulait… Reece et sa fortune.

— Je vois. Pourquoi m'a-t-il épousée ? insista Alanna, partagée entre la curiosité et l'appréhension.

— Au début, sans doute un peu pour se venger de Kristine. Il voulait lui montrer qu'il avait tourné la page, que leur histoire était bel et bien terminée. Au fond de lui, je crois qu'il désirait la rendre jalouse. Il voulait lui rendre la monnaie de sa pièce, en quelque sorte.

— Jalouse ? répéta Alanna, perplexe.

— Tu es une femme extrêmement séduisante, Alanna. Kristine ne t'arrive pas à la cheville. Reece espérait blesser son amour-propre en montrant à la face du monde qu'il avait épousé une sublime créature, qu'il n'avait pas besoin d'elle pour être heureux.

Alanna sentit son cœur chavirer. Ainsi, c'était pour cette raison qu'il tenait à ce qu'elle porte des vêtements sexy. Elle comprenait mieux désormais pourquoi il se réjouissait chaque fois que des magazines publiaient des photos d'eux, prises sur le vif au cours de brillantes soirées.

Toute cette mise en scène, dans le seul but de narguer Kristine…

— Je suis sûr qu'il a changé depuis le début de votre mariage, s'empressa d'ajouter Mike. Tu te souviens de son accès de jalousie quand nous avons dansé ensemble, l'autre soir ? Il se moque de Kristine, elle n'existe plus pour lui, j'en mettrais ma main à couper. Ecoute, Alanna, je vais l'appeler sur son portable, tu veux ? Je lui parlerai de tes…

— Non, coupa sèchement Alanna. Non, Mike, je t'en prie, ne fais pas ça. Ce sont mes affaires, je tiens à les régler seule. Promets-moi de ne pas t'en mêler.

— Mais…

— Promets-le-moi !

— Seigneur, je ne te connaissais pas ce ton de combattante, fit Mike, qui semblait hésiter.

En cet instant précis, elle se sentait pourtant davantage l'âme d'une victime que celle d'une combattante... Tant pis, elle irait jusqu'au bout de ses résolutions, c'était une question de survie. Elle serait incapable de vivre de nouveau avec la peur au ventre et encore moins avec cette jalousie qui lui tordait le cœur et assombrissait son esprit. Elle préférait connaître la vérité, même si celle-ci ne lui apportait pas le soulagement espéré.

Il était grand temps de réagir.

— Au revoir, Mike.

— Avant de partir, promets-moi quelque chose, toi aussi.

— Quoi donc ?

— Appelle-moi dès que tu auras compris que tu t'es trompée.

18.

Reece s'inquiétait. Où était passée Alanna ? Il avait appelé à la maison dès son arrivée à l'hôtel mais personne n'avait répondu. Il avait alors tenté de la joindre sur son portable. Il était éteint. Bien sûr, il avait laissé un message, mais il n'avait toujours pas de nouvelles. C'était étonnant.

Oh, ils jouissaient chacun d'une certaine liberté au sein de leur couple mais Reece l'appelait régulièrement lorsqu'il partait en voyage d'affaires. En principe, Alanna ne sortait pas le jeudi soir… Peut-être avait-elle décidé d'aller voir sa mère au lieu de la faire venir.

Résistant à l'envie d'appeler chez sa belle-mère pour en avoir le cœur net, il se dirigea vers la salle de bains. Il prendrait une douche puis irait se coucher avec le best-seller qu'il avait acheté à l'aéroport, juste avant d'embarquer.

Reece venait d'éteindre le robinet lorsqu'il crut entendre un coup frappé à la porte de la suite. Enfilant à la hâte un peignoir, il traversa la chambre à grandes enjambées. Il n'avait pas rêvé, on frappait bien à la porte. D'un geste machinal, il repoussa les mèches humides qui lui barraient le front et s'immobilisa devant la porte close.

— Qui est là ? demanda-t-il, étonné.

— C'est moi. Alanna.

— Alanna !

En un éclair, il tira la chaîne de sécurité et ouvrit la porte à toute volée. Alanna se tenait devant lui, belle à couper le souffle malgré l'expression empreinte de gravité qui voilait son visage.

— Que diable fais-tu ici ? demanda-t-il sans ambages, partagé entre la joie et l'inquiétude.

— J'ai pris le vol de 20 h 20, répondit-elle en le scrutant d'un air étrange — presque soupçonneux.

Il laissa échapper un rire gêné, peu habitué à ce qu'elle le regarde de cette manière.

— Oui, je vois ça. Mais pourquoi ?

— Tu ne m'invites pas à entrer ?

Son ton glacial le prit de court. Avant qu'il ait le temps de réagir, elle le poussa sans ménagement et pénétra dans la pièce d'un pas décidé. Après un bref instant d'hésitation, elle prit à gauche et se dirigea vers la chambre à coucher.

Tout à coup, un éclair de lucidité le traversa. Elle le soupçonnait de ne pas être seul. Oui, aussi incroyable que cela puisse paraître, elle était venue jusqu'ici dans l'intention de le prendre en flagrant délit d'adultère !

La première surprise passée, Reece referma la porte d'un geste sec et s'élança à sa poursuite. Elle se trouvait déjà dans la chambre où le décor dépouillé offrait peu de recoins où une maîtresse aurait pu trouver refuge. Sourcils froncés, elle balaya la pièce du regard.

— Tu ferais bien de vérifier la salle de bains, lança-t-il d'un ton mi-moqueur, mi-exaspéré. Elle se cache peut-être derrière le rideau de douche.

Sous son regard médusé, Alanna s'empressa de suivre son conseil. Lorsqu'elle reparut dans la chambre, il constata avec une certaine satisfaction que son visage avait perdu de sa détermination farouche.

— Il n'y a personne avec toi, murmura-t-elle, l'air hébété.

— Tu es sûre ? insista-t-il à dessein. Elle est peut-être en retard. Qui qu'elle soit, d'ailleurs.

— Kristine, bien sûr. La femme que tu n'as jamais cessé d'aimer.

Reece tombait des nues.

— Kristine ! Mais tu as perdu la tête ? Je n'éprouve plus rien pour elle.

Une rougeur violente envahit le visage d'Alanna.

— Ne me mens pas, Reece. Je vous ai vus ensemble aujourd'hui. Main dans la main.

— C'était elle qui me tenait la main, nuance. Et si tu veux la vérité, je ne la supporte plus.

Les yeux d'Alanna s'arrondirent de surprise.

— C'est vrai ?

— Oui. Je…

Sa voix se brisa et il resta un long moment à la contempler, bouche bée. Ces quelques instants de grâce resteraient à jamais gravés dans sa mémoire. Il venait de comprendre l'attitude étrange de son épouse… Son vœu le plus cher avait été exaucé.

— Tu es jalouse, murmura-t-il finalement en ressentant une bouffée d'allégresse.

Le visage d'Alanna se rembrunit aussitôt.

— Je… je… j'ai eu tort, je sais…

— Non, ma chérie, non, pas du tout, objecta Reece en s'approchant d'elle pour la prendre dans ses bras. Au contraire, tu as eu mille fois raison d'écouter tes sentiments. Tu m'aimes, n'est-ce pas ?

— Oh, mon Dieu… Je me sens tellement bête…

— Alors nous sommes deux. Parce que je t'aime aussi, Alanna.

Elle leva vers lui des yeux embués de larmes. Elle était visiblement bouleversée.

— Tu… tu m'aimes, c'est vrai ? bredouilla-t-elle d'une voix à peine audible.

— De tout mon cœur. J'ai cru mourir dimanche dernier, quand je t'ai vue inanimée dans la voiture. Et plus tard, lorsque tu as repris connaissance et que tu ne te souvenais plus de moi… J'étais devenu un parfait inconnu pour toi… J'ai cru vivre un enfer.

— Tu étais si gentil, pourtant !

— Oui, je venais de comprendre que je t'aimais.

— Oh, Reece…

— Toute la semaine, j'ai brûlé d'envie de t'avouer mon amour mais chaque fois, la peur me paralysait.

— Peur, toi ? Ça ne te ressemble pas.

— Et pourtant, si. J'avais une peur bleue de te perdre, mon amour. Je t'ai si souvent entendue dire que tu ne voulais plus qu'on t'aime ! Aussi, lorsque j'ai compris le week-end dernier que j'étais amoureux de toi, j'étais tétanisé.

— Reece…

— Je voulais te demander de m'accompagner aujourd'hui, avoua-t-il sans la quitter des yeux une seule seconde. Mais je n'ai pas osé. J'avais peur que tu ressentes mon invitation comme une pression. J'ignorais que tu m'avais vu en compagnie de Kristine. Quant à tes soupçons, j'étais à mille lieues de les imaginer !

Un sourire attendri se peignit sur les lèvres d'Alanna.

— Si tu as connu l'enfer dimanche dernier, je l'ai connu à mon tour aujourd'hui. Crois-moi, ça m'a demandé un effort surhumain de ne pas entrer comme une furie dans ce café pour gifler cette poupée Barbie qui te tenait la main ! C'est la première fois que j'éprouve un tel sentiment de jalousie. J'étais stupéfaite… J'avais honte de mon attitude, honte de la violence de ma réaction. La jalousie est un sentiment que j'abhorre, il peut conduire aux pires excès.

Il effleura tendrement ses cheveux.

— Tu n'avais aucune raison d'être jalouse, mon amour. Il n'y a plus rien entre Kristine et moi. Plus rien du tout. Je ne sais pas ce qui lui a pris de s'imaginer qu'il lui suffirait de faire une apparition surprise pour me reconquérir… La pauvre est devenue folle !

— Mais tu l'as aimée. Et tu l'aimais encore quand tu m'as épousée.

— C'est ce que je croyais, en effet. Mais à bien y réfléchir, je ne suis plus tout à fait sûr d'avoir un jour éprouvé de l'amour pour elle. J'ignorais la signification profonde de ce mot, à l'époque. J'étais trop jeune, trop égoïste. Maintenant, je sais ce qu'est l'amour, le vrai, continua-t-il en la serrant contre lui. C'est ce que je ressens pour toi. Je t'aime comme un fou, Alanna. J'admire ce que tu es. Il faut une sacrée force de caractère pour surmonter toutes les épreuves qui ont émaillé ta vie. Rares sont les femmes qui auraient puisé en elles le courage de tourner la page et de repartir de zéro après une expérience aussi traumatisante que la tienne. Je suis heureux que tu aies choisi de m'accorder ta confiance. En fait, j'ai eu une chance inouïe que tu veuilles bien de moi comme mari.

Elle secoua la tête, les yeux brillant d'émotion.

— C'est moi qui ai de la chance, Reece. Je crois que je t'ai aimé dès notre première rencontre, mais j'avais peur, inconsciemment, de me brûler de nouveau les ailes. Cette brève plongée dans le passé m'a fait comprendre pourquoi j'ai choisi de t'épouser toi, l'antithèse de Darko. Et la nuit dernière, tu m'as fait l'amour avec une telle tendresse, une telle douceur que ce fut comme un déclic : en me réveillant ce matin, je me souvenais de tout parce que je n'avais plus peur. Plus peur d'aimer. Je me sens en sécurité auprès de toi. Ça n'a l'air de rien, mais ça veut dire beaucoup pour moi. Mon cœur est enfin libre de t'aimer, sans retenue.

Et Reece vit enfin cette expression qu'il avait rêvé de lire un jour dans son regard vert. Oui, c'était de l'amour que reflétaient ses yeux en cet instant précis. Un amour pur, entier.

Reece crut défaillir de bonheur.

— Je suis désolée de t'avoir soupçonné du pire, reprit-elle d'une voix étranglée en posant la tête sur son torse.

— Pas moi. Si la jalousie n'avait pas guidé tes pas, nous ne serions pas ensemble ce soir... En fait, nous serions chacun dans notre coin, en train de faire comme si nous n'éprouvions rien l'un pour l'autre. Ce serait vraiment ridicule, tu ne trouves pas ? ajouta-t-il en souriant. Surtout maintenant que nous sommes parents...

Les yeux d'Alanna s'embuèrent de larmes.

— Tu le crois aussi ?

— Bien sûr.

— On peut se tromper.

— C'est vrai, mais il me semble qu'un petit cercle rouge entourait aussi la nuit qui vient... Que dirais-tu d'assurer nos arrières ?

Alanguie dans les bras de Reece, Alanna savourait l'instant présent. Jamais elle n'aurait cru qu'un tel bonheur fût possible. On y goûtait une fois dans sa vie, c'était certain. Encore fallait-il rencontrer un homme aussi extraordinaire que Reece... Un sourire béat éclaira son visage.

— Reece, chuchota-t-elle.

— Oui ?

— J'ai un coup de fil à passer.

— Maintenant ? A cette heure-ci ?

— Oui.

— A qui ?

— A Mike.

— Mike ?

— Chut… N'oublie pas que nous nous aimons et que nous nous vouons une confiance totale. Nous n'avons donc aucune raison d'être jaloux. J'ai quelque chose à lui dire, je lui avais promis. Tu n'as qu'à écouter.

— D'accord, d'accord, maugréa Reece en attrapant son téléphone portable.

Il enfonça quelques touches avant de lui passer l'appareil.

— Tiens, ça sonne chez lui.

— Mike Stone. J'espère pour vous que c'est important, débita ce dernier d'un ton impatient. Il est tard et j'étais en train de travailler.

— C'est important, déclara Alanna sans se démonter. Tu avais raison et j'avais tort. Reece n'est plus amoureux de Kristine. Il m'aime autant que je l'aime. Et maintenant, retourne au travail.

— Et toi, retourne à tes occupations… Quelles qu'elles soient, rétorqua Mike avec un petit rire entendu.

— Oh, oui, susurra Alanna en rendant le téléphone à Reece.

Leurs regards se nouèrent, lourds de désir.

— J'en ai bien l'intention…

Épilogue

Positif. Le résultat était positif.

Alanna poussa un cri de joie avant de fondre en larmes. Reece entra précipitamment dans la salle de bains.

— Que se passe-t-il ? demanda-t-il d'un ton paniqué.

Le visage baigné de larmes, elle lui tendit le test de grossesse.

— J'ai acheté ça à la pharmacie. Il a viré au bleu.

— C'est une bonne ou une mauvaise nouvelle ?

— C'est une merveilleuse nouvelle, articula-t-elle entre deux sanglots.

Tout à coup, Reece eut la gorge serrée par l'émotion. Alanna était enceinte. Elle portait son enfant. Elle avait raison : c'était une merveilleuse nouvelle !

Elle parvint à sourire à travers ses larmes.

— Mon Dieu, Reece, si tu pouvais voir ta tête…

— Excuse-moi, je suis tout secoué. Je crois que je vais aller m'allonger un peu.

Le sourire d'Alanna s'épanouit.

— Oh, mon pauvre chéri… Malheureusement, ce n'est pas le moment de faiblir. Richard et Holly vont arriver d'une minute à l'autre pour visiter la maison.

Richard et Holly étaient rentrés la veille de leur voyage de noces. Impatients de découvrir la demeure que Reece leur avait dénichée, ils avaient proposé de passer sans tarder.

« Il y aura quelques travaux de rénovation à prévoir, avait averti Reece lorsque son ami l'avait appelé, la veille au soir. Mais le prix est intéressant et, cerise sur le gâteau, vous serez à trois maisons de la nôtre ! »

Reece avait hâte de revoir son ami. Et maintenant, il brûlait d'impatience de lui annoncer la grande nouvelle : ils attendaient un bébé !

— Tu as raison, admit-il en consultant sa montre. Ils ne vont pas tarder à arriver.

Dix minutes plus tard, rayonnants de bonheur, ils allèrent ouvrir à Richard et Holly.

Il ne fallut qu'un quart de seconde à Richard pour noter le changement opéré chez son ami et sa ravissante épouse. De son côté, Holly eut exactement la même sensation.

— Si je ne les connaissais pas, chuchota Richard à l'adresse de sa femme comme ils suivaient leurs hôtes à l'intérieur, je jurerais qu'ils reviennent eux aussi de leur voyage de noces…

— C'est exactement l'impression que j'ai eue en les voyant, murmura Holly. Tu as remarqué leur manière de se regarder ?

— Ils sont tombés amoureux, conclut Richard.

— *Follement* amoureux, rectifia Holly.

Au même instant, leurs hôtes s'immobilisèrent et se tournèrent vers eux. Glissant un bras autour de sa taille, Reece attira sa femme contre lui.

— Avant que nous partions visiter votre nouvelle demeure, nous aimerions vous annoncer quelque chose, déclara-t-il avec une pointe de fierté dans la voix.

— Tu es enceinte, lança Holly à l'adresse d'Alanna, tout simplement radieuse.

— Oui ! Comment as-tu deviné ? Ça ne fait que quelques semaines, je n'ai pas encore pris de poids…

— C'est écrit sur ton visage. Tu rayonnes de bonheur. Et toi aussi, Reece.

— Nous sommes fous de joie, déclara ce dernier. Et très amoureux.

Richard et Holly pouffèrent en chœur.

— Ça aussi, nous l'avions remarqué ! s'écrièrent-ils à l'unisson.

— Mike ne va jamais vous croire, ajouta Richard d'un ton taquin.

— Oh, je pense que si, intervint Alanna. Mike n'est pas aussi insensible qu'il veut bien le faire croire. Personnellement, je ne serais pas surprise qu'il tombe amoureux à son tour... Un jour.

Richard et Reece échangèrent un regard et éclatèrent de rire. De leur côté, Holly et Alanna échangèrent un regard et se contentèrent de sourire d'un air complice.

POUR L'AMOUR DU CHEIK, *Barbara McMahon* • *n° 2571*
En acceptant l'invitation de Rachid al Halzid à passer deux semaines de vacances dans sa villa d'Aboul Sari, Bridget espère se remettre du chagrin que lui a causé la mort de son père. Les jours passant, elle se laisse peu à peu envoûter par la magie du lieu… et par Rachid. Mais celui-ci est veuf, et Bridget redoute de connaître le même destin que sa propre mère : celui d'une épouse éclipsée par le souvenir d'une première femme adorée...

BRÛLANTE PASSION, *Sandra Field* • *n° 2572*
Dissimulée dans le parc de Willowbend, Karyn se demande comment entrer en contact avec sa sœur jumelle dont elle vient tout juste d'apprendre l'existence, quand surgit un séduisant inconnu qui la prend dans ses bras pour l'embrasser avec passion. Bouleversée, elle s'enfuit. Car elle a aussitôt deviné l'horrible vérité : elle vient de tomber amoureuse de l'amant de sa soeur. Pire, de l'homme que celle-ci est censée épouser…

MARIAGE POUR UN PLAY-BOY, *Miranda Lee* • *n° 2573*
3 milliardaires à marier
Lorsque Mike Stone entre dans le bureau de l'agence matrimoniale qu'elle dirige, en offrant deux millions de dollars pour un mariage de convenance, Natalie, qui a désespérément besoin d'argent, lui propose de conclure ce contrat avec elle. Mais elle sait aussi que pour elle, l'irréparable s'est déjà produit : elle aime Mike, d'un amour qu'elle doit taire si elle ne veut pas gâcher le peu de temps qu'ils passeront ensemble…

UN DESTIN ROYAL, *Sharon Kendrick* • *n° 2574*
Les héritiers de Mardivino
En acceptant d'épouser Gianferro, le prince héritier du royaume de Mardivino, Millie a compris qu'elle n'aurait pas droit à des fiançailles et à un mariage ordinaires. Même s'il existe entre eux une intense alchimie physique, ils devront avant toute chose respecter l'étiquette à la lettre. Et Millie se demande très vite quel prix elle va devoir payer pour cet amour sans retour qu'elle éprouve pour un homme qui n'attend d'elle qu'un héritier…

Collection Azur
8 titres le 1er de chaque mois

quelqu'un a repris le contrôle de la secte, avec l'intention de conduire chacun de ses membres à la mort. Y compris ceux qui ont fui vingt ans plus tôt. Déjà, deux des enfants et la femme qui les accompagnait ont été tués. Ne reste plus que Kelly Stone, qui tient à présent une auberge dans le New Hampshire…

Le pacte, de Alex Kava • N° 252

Omaha. Minneapolis. Columbia. Dans plusieurs villes des Etats-Unis, des prêtres pédophiles sont retrouvés assassinés. Soupçonnant un tueur en série de vouloir rendre lui-même la justice, la police demande à l'agent Maggie O'Dell de se rendre à Omaha afin d'établir son profil. Maggie connaît parfaitement la petite ville : quatre ans plus tôt en effet, elle y a enquêté sur des meurtres d'enfants dont le coupable, le père Keller, a réussi à s'échapper. C'est alors que celui-ci refait surface et, se sachant menacé par le tueur, propose à Maggie un pacte odieux…
Une nouvelle enquête de Maggie O'Dell.

La brûlure du passé, de Rachel Lee • N° 253

C'est l'été à Whisper Creek, dans le Colorado. Dans cette atmosphère étouffante, l'arrivée d'un nouveau pasteur aussi intransigeant qu'intolérant, Elijah Canfield, n'est pas vue d'un très bon œil. Son fils Sam, en particulier, n'a pas oublié leur brouille, des années plus tôt. Lui qui vit en solitaire depuis la mort tragique de sa femme n'entend pas faire le moindre effort pour se réconcilier avec son père. Mais c'est compter sans Mary McKinney, qui va bouleverser la vie des deux hommes en traçant pour eux le chemin vers une réconciliation…

Coup de foudre et conséquences, de Dallas Schulze • N° 131
(Réédition)

Entre une mère immature et une sœur volage, Maggie Drummond joue depuis toujours le rôle de pilier de la famille, en souffrant de ne recevoir aucune gratitude en retour. Mais sa vie change brusquement lorsqu'elle fait la connaissance de Ryan Lassiter, héritier d'un des plus grands ranchs du Wyoming. Maggie a du mal à croire qu'un homme comme lui puisse s'intéresser à elle. Pourtant, il fait mieux : il lui demande de l'épouser. Comme ça. Sur un coup de tête. Et, plus surprenant encore, elle-même décide d'accepter …

Composé et édité par les
éditions Harlequin
Achevé d'imprimer en janvier 2006

BUSSIÈRE
GROUPE CPI

à Saint-Amand-Montrond (Cher)
Dépôt légal : février 2006
N° d'imprimeur : 52984 — N° d'éditeur : 11869

Imprimé en France

ABONNEMENT...ABONNEMENT...ABONNEMENT...

VOS ROMANS CHEZ VOUS

ABONNEZ-VOUS VITE À LA SAGA

Forrester Square

Oui, je souhaite recevoir directement chez moi la saga *FORRESTER SQUARE*. J'ai bien noté que je recevrai le nombre de volume(s) de 288 pages que j'ai choisi ci-dessous, au prix exceptionnel de 4,66 €* pour le volume triple de 416 pages, puis de 4,66 €* pour les volumes n°1 à 12. Je suis libre d'interrompre les envois à tout moment, par simple courrier ou appel téléphonique au Service Lectrices. Je ne paie rien aujourd'hui, la facture sera jointe à mon colis.

* + 2,40 € de frais de port <u>par colis</u>.

L6ZFØ1

❑ **Je m'abonne à partir du numéro 1 :**
Je recevrai un premier colis composé du volume triple et du n°1, puis des colis avec les n°2 et 3, les n°4 et 5, les n°6 et 7, les n°8 et 9 et enfin les n°10, 11 et 12.

❑ **Je m'abonne à partir du numéro 2 :**
Je recevrai un premier colis composé des n°2 et 3, puis des colis avec les n°4 et 5, les n°6 et 7, les n°8 et 9 et enfin les n°10, 11 et 12.

❑ **Je m'abonne à partir du numéro 4 :**
Je recevrai un premier colis composé des n°4 et 5, puis des colis avec les n°6 et 7, les n°8 et 9 et enfin les n°10, 11 et 12.

❑ **Je souhaite recevoir uniquement les numéros suivants :**
(j'entoure les numéros choisis) 1 2 3 4 5 6 7 8 9 10 11 12 *volume triple*

Renvoyez ce bon à : Service Lectrices HARLEQUIN
BP 20008 - 59718 Lille CEDEX 9.

N° abonnée (si vous en avez un) └┘ └┴┴┴┴┴┴┴┘

Mme ❑ Mlle ❑ NOM ____________________

Prénom ____________________

Adresse ____________________

Code Postal └┴┴┴┴┘ Ville ____________________

Tél. : └┴┘└┴┘└┴┘└┴┘└┴┘

Date d'anniversaire └┴┘└┴┘└┴┴┴┘

Le **Service Lectrices** est à votre écoute au **01.45.82.44.26**
du lundi au jeudi de 9h à 17h et le vendredi de 9h à 15h.

Conformément à la loi Informatique et Libertés du 6 janvier 1978, vous disposez d'un droit d'accès et de rectification aux données personnelles vous concernant.Vos réponses sont indispensables pour mieux vous servir. Par notre intermédiaire, vous pouvez être amené à recevoir des propositions d'autres entreprises. Si vous ne le souhaitez pas, il vous suffit de nous écrire en nous indiquant vos nom, prénom, adresse et si possible votre référence client. Vous recevrez votre commande environ 20 jours après réception de ce bon. Date limite : 20 novembre 2006.

<u>Offre réservée à la France métropolitaine, soumise à acceptation.</u>